Les Vies secrètes de Vladimir

DU MÊME AUTEUR

LE STRADIVARIUS DE GOEBBELS, SLATKINE & CIE 2021, J'AI LU 2023

ISTYA / SLATKINE&CIE,
19, RUE SAINT-SÉVERIN
75005 PARIS
CONTACT@ISTYA-SCIE.FR

ISBN 978-2-88944-232-4

Yoann Iacono

Les Vies secrètes de Vladimir

Istya
& Cie

Pour Sigrid, Adèle et Paula.

Il existe autant de versions de la vie
de Maïakovski qu'il existe de Russes.
Boris Pasternak

1

Il a été ici. Dans cette chambre de bonne du quatorzième arrondissement, rue Campagne-Première. Rien ne l'indique. Aucune plaque commémorative. Un immeuble haussmannien comme tant d'autres.

Il a vécu là trois mois seulement, son premier séjour parisien, en face de l'appartement d'Elsa Triolet.

La pièce mesure trois mètres sur trois. Un canapé-lit bleu nuit. Un évier. Une plaque de cuisson. Une fenêtre qui ouvre sur les toits et, dessous, à la mode russe, sur toute la largeur, une table de travail. Fixées aux murs, des étagères en bois avec ses livres, ses recueils de poésie, ses textes de théâtre et tout ce que j'ai accumulé sur lui au fil des ans en matière d'ouvrages, de lettres, de témoignages…

Encadrée au-dessus du canapé, l'unique photo de maman et lui.

Quand j'ai enfin réussi à acheter cette chambre, j'avais cinquante ans. Le jour de la signature, mon cœur vibrait : je ne résistai pas à demander au vendeur s'il connaissait Vladimir Maïakovski. Avec le notaire, ils m'ont regardé d'un air suspicieux. « Un chanteur de rock ? » finit par lancer l'un d'eux. Comme je gardais le silence, le notaire insista pour en savoir plus. Je mourrais d'envie de répondre : « Mon père », mais je me suis contenté d'un simple « Un célèbre poète russe ».

Mon père ne m'a jamais reconnu. Longtemps, j'ai cru être son fils unique. Et en 1991, il y a eu ces révélations sur l'existence de Patricia Thomson, fruit de sa relation cachée avec Elly Jones à New York. Puis, quelque temps plus tard, ces nouvelles confidences au sujet de Gleb-Nikita Lavinsky, issu de sa liaison à Moscou avec Lilia Lavinskaya.

Quels souvenirs avaient-ils gardés de lui ? Ma demi-sœur l'a rencontré une seule fois, en 1929, elle avait trois ans. Elle se rappelle ses longues jambes, ses bras chargés de cadeaux, sa voix puissante. C'est tout. Mon demi-frère a eu plus de chance. Sa mère ne lui a jamais caché que le poète qui fréquentait régulièrement le foyer familial était son père biologique. De ces visites au cours des cinq premières années de sa vie, Gleb-Nikita n'a cependant conservé que des souvenirs fugaces. Un seul se détache vraiment : cette matinée de mai 1924 à Moscou, quand notre père le prit sur ses épaules, le fit tourner dans les airs, sortit avec lui sur le balcon et lui lut quelques poèmes.

Je crois que mon père a toujours eu peur de nous, ses enfants. Était-ce à cause de cette relation trouble avec sa muse, Lili Brick ? Était-il déjà quitte avec la vie ?

Contrairement à Patricia et Gleb-Nikita, je ne l'ai jamais croisé. Il m'a laissé pour seul héritage deux lettres adressées à maman, une photo d'eux et l'étole en cachemire de chez Chanel qu'il lui avait offerte enroulée autour d'un poème. Rien d'autre. Il ne m'a pas laissé à moi, son fils, un seul mot, comble de l'ironie pour quelqu'un qui a passé sa vie à écrire. Adolescent, je me suis plongé dans ses poèmes à la recherche d'une trace, aussi minime soit-elle, preuve de son amour. Adulte, j'ai voyagé sur ses pas, enquêté sur lui, rassemblé les écrits et les témoignages.

Je me suis fait une raison : toute vérité sur un homme ne peut être que polyphonique. De lui, je n'ai que ce puzzle, une image composite et changeante, dont l'apparence varie selon les impressions des uns et des autres, les lettres, mémoires, articles que je glane patiemment depuis cinquante ans.

Ce puzzle, est-ce Vladimir Vladimirovitch Maïakovski ? Je ne sais pas. Mais c'est mon père à moi. Celui que sa famille et tous ses amis appelaient Volodia.

Au courrier de maman lui annonçant ma naissance, un silence ininterrompu a fait office de réponse.

Que peut-on opposer au vide, sinon la fiction ?

La vie la plus frêle est une vie sans fin.

J'écris sur mon père pour l'amener plus loin que sa mort.

2

Bagdadi, empire de Russie, 1900. Il se réveille tout près de sa sœur Olga, la tête calée contre son bras, se lève d'un bond, regarde par la fenêtre en enfilant à toute vitesse son pantalon de la veille. La vitre n'a pas été nettoyée depuis des semaines. Son père est déjà occupé à tirer l'eau du puits pour la journée. À l'écart du village, leur maison est ceinturée de montagnes aux flancs couverts de forêts. Dans le jardin, des vignes, un verger, pommes, poires, abricots, grenades, figues selon les saisons. Un torrent coule en contrebas parmi les rochers et, un peu plus loin, le fleuve Khanis-Tskhali serpente dans la vallée.

Les marches en bois de l'escalier grincent. En bas, sa mère a préparé sa tasse de lait. Elle ramasse sa veste chaude sur le couvercle du poêle et l'aide à s'y envelopper. Il s'assied, avale tout rond une patate et le reste de bouillie de flocons d'avoine. Il lèche consciencieusement sa cuillère, attrape une graine coincée dans les tréfonds de sa mâchoire avec un doigt qu'il essuie ensuite sur la table.

Chaque semaine, avec sa mère et Olga, c'est le même rituel. Le lundi à l'aube, ils partent en diligence pour Koutaïssi, à vingt-sept kilomètres de Bagdadi. Logés dans une pension bon marché, ils dorment à trois dans une chambre exiguë. Le vendredi, ils font le chemin inverse une fois l'école terminée. « Pourquoi on ne reste pas la semaine ici, maman ?

— Je te l'ai déjà dit cent fois, Volodia. Il faut faire des sacrifices, il n'y a pas d'école à Bagdadi. »

Si cela ne tenait qu'à lui, il passerait ses journées à grimper aux arbres et à gambader sur les sentiers sinueux au-dessus des précipices, comme il compte le faire ce samedi.

« Alors, mon fils ! » À la porte, son père pose les seaux remplis d'eau. Immense et large d'épaules, menton volontaire, voix de basse profonde. Il porte son uniforme vert bouteille de garde forestier, caftan court, frac au col relevé et pantalon noir. Une médaille vert foncé de l'Académie d'agriculture et de sylviculture épinglée sur son torse.

Vladimir remarque les flaques que son père a laissées sur le seuil, il va se placer devant l'entrée pour y mettre les pieds. Le père dégage différentes odeurs, pas désagréables, celle du tabac, et aussi un frêle parfum de sève, de verdure et de grand air.

« Partons nous promener », dit son père, qui lui colle gentiment une claque dans le dos. Vladimir enfile le vieux pardessus trop grand pour lui, déjà porté par Olga et par Ludmila, son autre sœur aînée en internat à Moscou. Dehors, leurs pas s'enfoncent dans un mélange de boue et de neige. Des traînées de brouillard s'étirent immobiles sur les hauteurs tandis que des nuées volumineuses, blanches et grises, s'appesantissent sur les montagnes plus lointaines. Ils traversent le village par sa rue principale, croisent six allées perpendiculaires où s'alignent des rangées de cabanes et de maisons de bois. Les toits en enfilade sont recouverts de neige. Un chien aboie.

Après quelques minutes d'une route rocheuse et âpre, ils atteignent les collines basses qui cernent la ville. Ils franchissent un cours d'eau et suivent un chemin incliné vers le versant boisé. Des eaux murmurent dans les profondeurs. Partout, entre les blocs de rocher, des arbres dressent leurs silhouettes vers un ciel de pierre. Père et fils passent une traînée d'éboulis. Des paquets de neige tombent des arbres. Vladimir a froid. Sa peau le pique, sa chemise ne le réchauffe pas. Il souffle un peu d'air tiède dans les manchettes de ses gants. Il regarde autour de lui avec inquiétude. « C'est encore loin, papa ? »

Le père s'arrête. Il a remarqué des empreintes d'animaux sauvages. Ils ont déjà parcouru une dizaine de verstes. « Voilà un bon poste d'observation. »

Il adosse son fusil contre un arbre et confectionne un petit abri où ils s'installent. Il est déjà midi. Son père recharge le fusil puis sort de son sac de mousseline deux pommes de terre cuites de la veille, il lui en tend une. Un vent vient de se lever et le froid se fait sensible. Père et fils chuchotent. « Deviendras-tu garde forestier toi aussi, mon fils ?

— Oui, papa.

— Tu devras tout savoir sur les arbres et la botanique.

— Je sais déjà distinguer un tilleul d'un bouleau verruqueux. Et je sais aussi que les aiguilles du sapin de Nordmann possèdent deux bandes claires de stomates sur leur face inférieure. »

Le père s'esclaffe derrière son col en hochant la tête. Il épaule son fusil. « Que sais-tu d'autre ?

— Je sais que les bûcherons appellent "arbre de fer" le parrotie de Perse à cause de la dureté de son bois.

— Très bien, Volodia. Ta mère me dit que tu te débrouilles bien en dessin.

— Oui. Olga a montré mes portraits à son ancien professeur, le peintre Krasnoukha. Il les a trouvés tellement réussis que je pourrai étudier gratuitement avec lui à l'académie des arts de Koutaïssi.

— C'est bien, répond le père doucement. Ce don te servira aussi pour répertorier la flore et la faune.

— Papa, quand est-ce que je pourrai... ? »

Une puissante détonation l'interrompt, figeant toute la forêt et ses environs. « Lève-toi, je l'ai eu. »

Ils se précipitent hors de leur cache. À quelques mètres de là, une chèvre sauvage gît au sol. Une mare rougeâtre macule la neige autour de l'animal. Vladimir se baisse doucement. Il regarde le trou dans le flanc droit de l'animal. Un calme absolu habille ce tableau de la mort. Il se rapproche doucement, et sursaute, effrayé. La chèvre respire encore, une plainte rauque. Son père pose une main sur l'épaule de son fils. « Ne t'inquiète pas, elle ne va pas souffrir longtemps. » Vladimir serre les poings dans les poches de son pardessus. Son père sort son couteau de l'étui accroché à la taille de son pantalon. Les cristaux de neige font luire la lame. Il l'essuie dans son entrejambe, écarte son fils d'une main protectrice et poignarde d'un coup sec la chèvre en plein cœur. Au cri de l'animal, Vladimir tressaille, puis une nausée s'empare de lui à la vue des entrailles rouges.

Il est presque l'heure de dîner quand ils rentrent à la maison. Ils ont perdu beaucoup de temps à dépecer la bête sur place. Le vent souffle dans le conduit de la cheminée, le plancher craque. La lumière vive de la lampe à pétrole illumine le haut plafond de bois. Son père jette dans l'entrée les morceaux de la bête qu'il porte sur ses épaules. Olga prend un air dégoûté.

Dans la pièce, le poêle blanchi à la chaux crépite. Volodia passe devant les rayonnages couverts d'ustensiles de vaisselle et se rapproche de la vieille bibliothèque flanquée de deux portraits aux visages graves et imposants.

« Tes ancêtres seraient fiers de toi », lui lance son père, la voix encombrée d'une toux grasse avant de cracher dans la cheminée. « Nous vivons modestement, mais n'oublie jamais cela, Volodia : tu es d'une lignée noble. Ton arrière-grand-père, Kirill Maïakovski, capitaine de régiment des troupes de la mer Noire, a été anobli par le tsar. Ta mère est la fille d'Alexis Ivanovitch Pavlenko, décoré pour ses faits d'armes contre les Turcs. Ton sang est celui des Cosaques zaporogues. »

Sa mère lève les yeux : « Ça suffit, ces histoires !

— Quoi ? Il doit savoir de quelle trempe étaient ses aïeux.

— Tu m'avais promis de ne pas l'emmener chasser avant ses huit ans, soupire-t-elle.

— Il faut aussi qu'il apprenne de la vie. »

À table, Vladimir dévore sa soupe au chou en observant en coin son père s'agiter et raconter que, la nuit précédente, il a vu rôder un ours affamé dans les rues du village. Olga frissonne. Quand arrive l'heure de se coucher, Volodia refuse. Il s'assied sur les genoux de sa mère et la supplie de lui lire de la poésie, comme tous les soirs à Koutaïssi.

« Tu ne préfères pas écouter un conte sur la Sitch zaporogue ? lui demande son père. Ou bien jouer ? » Olga saute de joie et réclame une partie de cartes.

Vladimir hésite. D'un côté, il adore les dominos. De l'autre... Il jette un regard à sa mère, Alexandra Alexeïvna. Il aime sa douceur, qui équilibre les sautes d'humeur de son père. Souvent jovial, son père est aussi très changeant, parfois belliqueux. Sa mère a trente-trois ans, dix de moins que son père. Son visage est délicat, parfaitement équilibré. Sous ses cheveux châtains, elle a le front haut, le menton un peu volontaire. Sa voix est mélodieuse et réconfortante. Vladimir a pris l'habitude de s'endormir blotti contre elle, bercé par le son des contes de fées, des fables de Krylov et des classiques, comme Lermontov ou Nekrassov... La nuit, à Koutaïssi, il rêve qu'il est devenu Pouchkine. À Bagdadi, il s'imagine en valeureux combattant zaporogue.

«Je veux bien jouer à celui qui trouve le plus grand nombre de mots commençant par la même lettre. Mais d'abord, je vous récite un poème de Pouchkine que maman m'a lu cette semaine.»

Le père acquiesce. Il aime que son fils surprenne ses hôtes en leur récitant par cœur de la poésie. Grâce à cette mémoire phénoménale, Volodia est devenu l'attraction du village.

Il se place au centre de la pièce, fixe son auditoire et annonce qu'il va déclamer un court, très court extrait d'*Eugène Onéguine*:

Il note un bref poème tendre, / Souvenir d'une rêverie, / Trace qui fixe pour longtemps / Une fugitive pensée.

Olga, tout sourire, applaudit. Le visage de sa mère s'illumine d'une expression caressante. Son père en voudrait plus. « L'extrait est trop court. Récite-nous celui de Pouchkine sur l'hiver. »

Les mots et le rythme l'habitent immédiatement, il s'élance sans trébucher.

Et voilà que le vent du nord chassant devant lui les nuages pousse un long souffle, puis un hurlement, et voilà que le magicien Hiver se glisse partout, la rivière figée se confond avec la rive sous son voile.

3

7 juillet 1903. Ce samedi-là, Volodia fête son dixième anniversaire.

Sa tante et son oncle sont venus de Sotchi, sur la côte. Une odeur de blinis et d'eau de Cologne flotte dans la maison de Bagdadi ; celle du plancher lavé se mélange aux fumets de cuisine. Le salon est baigné de soleil. Les fenêtres s'ouvrent sur les draps blancs qui dehors ondoient au vent. La touffeur de l'été. La tranquillité du temps en abondance.

Olga a treize ans. Ludmila, tout juste rentrée de Moscou pour les vacances, en a dix-neuf : elle est gracile, élancée, un nez fin et légèrement pointu, un sourire éblouissant, la voix grave, d'épais cheveux bruns et des yeux couleur de pluie. Elle porte une robe dans les tons noisette et un foulard autour du cou. Attablée avec les adultes, elle décrit l'agitation à Moscou, la colère des ouvriers dans l'industrie.

Volodia s'agite dans la pièce. Ses yeux brillent du feu de la vie. Il virevolte, trépigne, gémit, supplie ses sœurs de venir jouer dehors avec lui. Il tire le bras de Ludmila d'un geste énergique ; elle résiste avec douceur pour continuer à raconter Moscou, les étudiants, la colère qui couve.

Leur oncle, qui semblait jusque-là assoupi, se réveille brutalement. Son visage renfrogné se colore. « La révolte s'étend à tout le pays, tonne l'homme râblé au menton sévère. Même à Odessa, les ouvriers ont organisé le blocage du port. Notre tsar s'est laissé complètement déborder. Les marins sont payés vingt roubles et ils en demandent maintenant quarante. Qu'attend Nicolas II pour envoyer la troupe ? »

L'oncle Konstantinovitch regarde autour de lui, satisfait de sa sortie.

Leur père, sans un mot, finit son verre de vin. Il n'aime pas dire du mal du tsar. Il laisse son frère poursuivre sa diatribe. « Voilà les conséquences de l'industrialisation du pays. Aujourd'hui, le désœuvrement des ouvriers est tel qu'il alimente les mouvements révolutionnaires. »

La mère chasse les enfants à l'extérieur.

Volodia sort en bondissant d'un coin à l'autre, hurlant de joie. Avec Olga, ils sont inséparables. Proches par le tempérament et l'esprit, ils occupent les journées de Bagdadi à jouer, chanter, dessiner ou danser. Mais dès que Ludmila rentre de Moscou, Volodia n'a d'yeux que pour sa sœur aînée. Il ne la lâche pas d'une semelle. Quand ils traversent le village, il reste collé à ses jupes, en extase : aucune autre jeune femme à Bagdadi, et même à Koutaïssi, ne porte de tenues aussi raffinées.

Ludmila scrute avidement le paysage. Elle lève la tête. « Allons-nous baigner dans la rivière ! Le soleil est assez haut, nous n'aurons pas froid. » Volodia trouve l'idée lumineuse, c'est sa grande sœur qui lui a appris à nager et à ne pas avoir peur de l'eau.

Olga, elle, pousse de profonds soupirs et traîne des pieds : il faut compter une bonne heure de marche pour y aller.

Bagdadi, l'énergie de l'enfance, la liberté débridée.

Volodia déclame des poèmes en chemin. Beaucoup sont obscurs et très beaux.

« Je ne comprendrai jamais comment tant de vers différents, longs et compliqués, peuvent rester dans une seule tête, et en plus si jeune, lance Ludmila à Olga.

— Il les récite tous les soirs avant de se coucher. J'ai déjà dit à maman qu'il m'empêchait de dormir. Une fois de temps en temps, cela peut être doux et agréable. Mais tous les jours et plusieurs fois par jour... Ses récitations me sortent par les yeux. »

Olga donne une tape sur la tête de son frère.

— « Ça suffit, Volodia ! Tu vas réussir à nous écœurer de Pouchkine !

— Vous vous rappelez, l'année dernière ? l'interrompt Ludmila. Maman était aux cent coups... On était rentrés à la nuit tombée... »

Ils s'étaient amusés dans le ruisseau tout l'après-midi. La terre se débarrassait à peine de son manteau blanc. Ils étaient revenus goutte au nez, rouge aux joues, front en sueur et chapkas enlevées. Un des doigts de Volodia présentait des engelures.

L'anecdote le pique au vif. Volodia commence à sautiller sur le sentier. Ses mouvements sont amples et hardis. Il gonfle la poitrine, parle haut et vif, se met à énumérer ce qu'il a retenu des enseignements récents de son père sur la forêt : trouver le nord en observant la quantité de mousse au pied d'un arbre, quelle mousse appliquer sur une plaie, savoir pourquoi les corbeaux s'envolent subitement, distinguer les empreintes d'un lynx ou d'une fouine qui chasse dans la neige, comment réagir si on tombe nez à nez avec un ours, récolter la sève d'un bouleau...

Ils progressent sur le versant boisé. Olga ferme la marche. À un moment, le paysage ouvre une échappée vers le sud, comme un souffle à travers l'épaisseur des bois. Silencieux, ils regardent tous les trois cette large brèche ouverte dans les collines, profonde coulée tout juste érodée par un ruisseau. Au loin, surplombant la masse verte, quelques pics rocheux se fondent dans l'horizon teinté de bleu.

Volodia reprend la marche. Le sol est irrégulier, caillouteux et ponctué de trous. Brusquement, il apostrophe sa sœur aînée.

« Olga dit que tu as un amoureux et qu'il s'appelle Vassili… »

Ludmila fusille sa sœur du regard.

« C'est vrai qu'il étudie l'architecture à l'académie Stroganov ? continue Volodia, une lueur malicieuse dans les yeux.

— Je te répondrai quand tu m'auras raconté comment se passe ta scolarité à Koutaïssi », élude Ludmila.

À l'école, Volodia est un élève dissipé. Il dresse des listes de mots dans un carnet qu'il garde dans son cartable. Il dessine des cartes avec des trains qui courent dans le paysage. Ses cahiers sont raturés de vers ou de mots extraits de ses poèmes préférés, et quand ses maîtres le surprennent, il hausse les épaules et demande : « Où est le mal ? » Il s'est forgé une réputation. Parfois, il quitte la salle de classe en trombe et referme bruyamment la porte derrière lui. Dans la cour, il raconte aux autres que son père lui a déjà acheté un cheval, une jument caucasienne de petite taille, très douce, et qu'ils ont passé deux jours en expédition et une nuit à regarder les étoiles. Son copain Rubakin ne le croit pas. Volodia lui montre sa dernière balafre : une branche d'églantier l'a frappé au visage alors que son père et lui chevauchaient au galop. Il jure – même si c'est faux – qu'il n'a pas versé une seule larme quand on a retiré une à une les épines enfoncées dans sa joue. Il est robuste : par tous les temps, son père l'oblige à se laver en plein air dans l'eau glacée. En homme et en soldat.

Tout cela, Volodia ne le raconte pas à sa sœur. Il se contente d'évoquer le cours d'instruction religieuse du pope Maxime. Chaque semaine, c'est une épreuve pour la classe entière : forcés de se tenir debout, ils passent leur temps à réciter des prières. Le pope leur fait aussi apprendre par cœur des textes en vieux slavon ; si l'un des élèves ne suit pas bien le texte – ce qui est le cas pour la plupart d'entre eux –, un rite punitif est prévu : le pope les fouette vigoureusement. Une veine couleur framboise, de la grosseur d'un crayon, enfle alors sur sa calvitie et bouge au rythme des coups de bâton.

« Nous connaissons tous sa réputation », dit Ludmila d'un ton désolé. Puis elle ajoute : « Quel est ton professeur préféré ?

— M. Petrovski...

— Oh oui ! Je l'ai eu aussi ! Il est passionné, brillant et...

— ... et ses cours crépitent comme le feu ! Il est pince-sans-rire, aussi. Un jour où j'avais insulté Rubakin, il m'a dit : "N'avez-vous pas honte, élève Maïakovski ? Songez que vous avez le bonheur d'étudier ici le génie de Pouchkine et de Lermontov, et que c'est ce génie-là qu'attend de vous votre malheureuse Russie – celui-là et aucun autre !" »

Ils rient longtemps, tous les trois.

La rivière s'étire entre forêt et collines. Irrégulière et escarpée, la rive est ceinturée de rochers acérés. L'eau, agitée de petits remous soulevés par le courant, paraît bleue. Lorsqu'on s'approche, le bleu des vaguelettes se mêle à l'ocre du sable pour scintiller de reflets verdoyants. À un certain endroit de la rive, un banc de sable pénètre dans la rivière. L'eau y est d'une transparence remarquable. Ils arrachent leurs vêtements et s'y jettent d'un même bond.

Tous les trois poussent un cri en plongeant dans le bain glacé puis se mettent à nager, s'éclaboussant mutuellement. Ils gesticulent dans les flots avec une exubérance joyeuse, des heures durant.

4

La neige tourbillonne, de légers flocons voltigent à rythme régulier. Des nuages, lourds, épais, filent vers l'est. Des centaines de corbeaux noirs ont afflué de la forêt entourant la maison de Bagdadi. Ils se sont posés sur les arbres, le toit ; ils se dandinent dans le jardin, s'agitent sur le sentier, saturant l'air de leurs cris rauques et saccadés.

Volodia a douze ans. Son père s'est piqué le pouce quelques jours auparavant avec une aiguille, en reliant des documents. Après une simple rougeur au doigt, l'infection a gagné la main. La boursouflure s'est ensuite étendue au bras entier puis au cou et au visage, entraînant une fièvre intense et d'atroces douleurs.

Hier, les cris de son père ont résonné toute la nuit dans la maison.

Au petit matin, sa mère s'est précipitée pour envoyer un télégramme à Ludmila.

Lorsqu'elle revient, enveloppée dans un châle de grosse laine, elle trouve Olga et Volodia serrés l'un contre l'autre dans le jardin. Accroupis et silencieux, ils grelottent en fixant le cadavre d'un oisillon étalé dans la fine de couche de neige. Sidérée que le battement de la vie puisse être si fugace, Olga cherche ses mots. «Il est probablement mort de froid», bredouille-t-elle. Une ombre d'inquiétude, montée du fond de l'âme, trouble le visage de leur mère. «Rentrez immédiatement!» tonne-t-elle avec une colère inhabituelle dans la voix. Obsédée par l'oiseau, Olga n'entend rien. Elle enveloppe de ses mains le petit corps et hurle. «Maman, maman, aide-nous à l'enterrer, s'il te plaît.» Mais leur mère recule d'un pas, horrifiée, avant de crier, des sanglots étouffés dans la voix: «Que cherchez-vous donc? À attraper la mort vous aussi?»

Après le déjeuner, Volodia veille son père. Il lui trouve un air épouvantable: le visage bleu, difforme, ses yeux s'ouvrant à peine. Tétanisé, il garde le silence. Quand, au moment de sortir, il lui attrape la main pour la serrer, son cœur tressaille: le contact de la chair inerte et glacée lui donne la sensation de toucher un mort.

En fin d'après-midi, Oblomov, le médecin du village, fait sa visite. Le docteur est un homme d'âge mûr, barbu, voûté; son front haut, ses sourcils touffus lui donnent un air grave et concentré quand il examine le malade. Une fois l'auscultation terminée, il chuchote quelques mots à leur mère sur le pas de la porte. Pâle comme un linge, elle lui pose une dernière question et Oblomov secoue la tête d'un air désolé.

Au dîner, il flotte dans la cuisine une odeur de bois refroidi, de poussière gelée. Leur mère a oublié de préparer le repas, elle dit qu'elle n'a pas faim. Les enfants mangent en hâte ce qu'ils trouvent dans la cave à provisions et montent se réfugier dans leur chambre commune.

De son lit, Volodia entrevoit la nuit qui bouillonne comme une énorme fumée noire pleine d'étincelles.

« On dirait que papa va mieux, il ne crie pas », chuchote Olga. Lui ne répond rien. Comme sa sœur, il lui est impossible de trouver le sommeil. Des larmes roulent au coin de ses yeux. Dans sa tête, des mots, ceux des autres, des bribes de poèmes qui s'enchaînent machinalement. V*oyez-vous ce blessé qui se tord sur la terre ? / Il va mourir ici, près du bois solitaire...*

En pleine nuit, un cri strident. Leur mère. Volodia comprend immédiatement.

Il descend en courant. Dans la chambre, son père est allongé, le visage tourné vers le mur. Sa mère est assise, inerte. Il s'attendait à le voir couché sur le dos, les mains croisées sur la poitrine. Cette position l'interroge. « Et s'il respirait encore ? » songe-t-il. Devant le regard hébété de sa mère, il tourne le corps déjà raide. Ce qu'il découvre n'a rien de familier. Le visage n'est plus celui de son père : la mâchoire retombe légèrement, la bouche est entrouverte et un rictus de douleur déforme le coin de ses lèvres.

Deux jours plus tard, la famille et tout le village sont réunis dans la petite église de Bagdadi pour célébrer l'office funèbre. Ludmila vient d'arriver de Moscou. Le pope, en soutane avec son couvre-chef noir, prononce un long sermon. Quelques vieilles dames se signent. Le père gît dans un immense cercueil en bois. Il venait de fêter son quarante-neuvième anniversaire. Debout dans la première rangée, Volodia est aux côtés de sa mère et de ses sœurs, face au cercueil. Sa mère n'a que trente-huit ans, mais sa tenue la vieillit et lui donne l'austérité des religieuses, souliers noirs, bas noirs, manteau noir, toque noire bordée d'un mince liseré d'où pend le crêpe.

Le service funèbre terminé, Volodia insiste pour porter le cercueil jusqu'à la carriole avec son oncle et deux voisins. Le poids lui est insupportable ; il courbe l'épaule, grimace. L'oncle Konstantinovitch, aussi vigoureux que son père, déplace sa main gauche vers Volodia et le soulage aussitôt.

Dehors, un vent mordant et glacial balaie les feuilles mortes sur les traces de leur passage. Le convoi silencieux arrive bientôt au sentier enneigé du cimetière. Pas un bruit alentour si ce n'est le crépitement de la neige sous la carriole, le léger grincement des roues et quelques sanglots qui rythment le cheminement de la troupe. Des bourrasques soulèvent les cristaux de neige et enveloppent les tombes dans une poussière blanche. L'inhumation s'éternise. Une grande partie du village est encore là ; chacun veut jeter sa poignée de terre, une fois le cercueil descendu au fond d'une obscurité abyssale.

Volodia assiste à cette scène, presque extérieur à ce qui se passe, comme si le temps s'était fracassé autour de lui, immobile. Une ombre fugitive le ramène au paysage de tombes et de ciel qui l'entoure.

Il est seul à présent, agenouillé devant la dalle. Sous cette dalle, la terre. Sous la terre, le corps infecté de son père. Il reste un long moment ainsi. Son visage est comme un ciel où courent les nuages.

L'image de son père joyeux, remâchant ses histoires favorites sur les Cosaques se tirant toujours d'affaire avec beaucoup de panache, l'ébranle jusqu'au plus profond. Pris d'un étrange vertige, il s'appuie sur la pierre froide, et soudain, un rayon de soleil glisse sur le revers de sa main. Le contact glacé de la pierre lui dit l'absence définitive de son père, la chaleur du soleil évoque la douceur vivante de son âme.

Une présence derrière lui. L'oncle Konstantinovitch enroule vigoureusement son bras autour de ses épaules et l'entraîne vers la maison.

Là-bas, la porte est déjà grande ouverte. Personne ne l'a prévenu : le repas de funérailles est une tradition. Son oncle se débarrasse de son manteau noir et le jette sur un fauteuil.

Au milieu de la pièce trônent deux tables recouvertes de papier journal : au centre, une salade russe confectionnée à peu de frais par une voisine avec des légumes de son jardin. Les hommes se tiennent près de l'endroit où des verres de vodka sont alignés, avec une tranche de pain noir dessus. Son oncle l'y entraîne, pêchant au passage un morceau de betterave dans la salade. « Le moment est venu de s'humecter le gosier », lance-t-il d'un air grave. Volodia a toujours admiré sa façon de boire de la vodka : il avale le contenu du verre sans bruit de déglutition, après quoi non seulement son visage ne grimace pas, mais il s'illumine de l'intérieur. « Voilà ce que boivent les hommes tristes, poursuit son oncle, tendant un verre à son neveu. Aujourd'hui, te voilà devenu l'homme de la famille. » Volodia avale d'un coup sec. La brûlure humide, puis sa gorge en feu après la première gorgée lui arrachent un cri de dégoût.

Il cherche ses sœurs du regard. En vain. Dans son champ de vision, sa tante Fediouvka, vêtue d'une pelisse, des cousins et, en grand nombre, des villageois. Même la vieille Zouleikha est là ; elle vend du tord-boyaux tous les samedis matin à l'entrée du village. À côté d'elle, un homme qu'il ne connaît pas, aux cheveux épars et plaqués, moins âgé que ne le laisserait croire son visage gonflé et couperosé, tassé sur lui-même, les yeux mi-clos, coulant de temps en temps des regards rapides sur la pièce.

L'après-midi s'achève, Volodia se retrouve seul avec ses sœurs et sa mère. Olga et Ludmila aident leur mère pour les formalités administratives. Elle doit remplir quantité de documents pour prétendre à une pension ridicule. Il lui reste trois roubles en poche et elle s'affole déjà du paiement du loyer. « Regarde, maman... Cette lettre du ministère des Forêts accompagnait le bouquet de fleurs. Tu es dispensée de payer la maison jusqu'à la fin de l'année scolaire », dit Ludmila pour l'apaiser. Elle paraît un instant soulagée, puis s'écrie la seconde suivante : « Et après ? » Volodia suggère de vendre les meubles et les affaires de leur père, selon lui contaminées par le mal qui l'a tué. Olga prend un air indigné. « Maman, tu ne vas pas laisser faire ça. Tu devrais avoir honte, Volodia. Vendrais-tu même le vieux baromètre de papa avec lequel tu as tant joué ? »

Volodia détourne le regard, trahissant ainsi son émotion. « Oui », se contente-t-il de répondre sèchement, avant de se murer dans le silence.

5

J'ai passé mon enfance à être malheureux.

Je ne m'en souviens pas directement, mais je sais qu'à l'âge de deux ans j'ai posé cette question à ma mère : « Pourquoi je n'ai pas de papa, moi ? »

À l'école, j'étais très solitaire ; je restais à l'écart dans la cour de récréation. Je me tenais en retrait, des autres enfants, de la vie, du monde. Je souffrais de cette part manquante : dès qu'un enfant racontait avoir appris à nager ou à faire du vélo avec son père, j'éprouvais un profond sentiment de malaise et de jalousie. À sept ans, j'ai voulu connaître la vérité.

Nous habitions rue d'Odessa avec maman, dans le quatorzième arrondissement de Paris. C'était un soir de la mi-novembre. Dehors il faisait froid et humide, la pluie battait les fenêtres. Nous terminions de débarrasser le couvert quand je me mis à la questionner sur mon père. Son visage ne laissa transparaître aucune émotion. Je retins mon souffle durant son long silence et, à mon plus grand étonnement, elle finit par répondre : « Il était russe, il s'appelait Vladimir Vladimirovitch Maïakovski. Il est mort un an après ta naissance. Voilà tout. »

Quoique cette réponse appelait une multitude d'autres questions, je choisis de ne pas insister. Je voulais me laisser d'autres chances pour l'avenir. Un quiproquo s'installa pourtant : puisque mon père était mort un an après ma naissance, il s'était donc occupé de moi la première année, pensai-je.

À dix ans, un indice troublant m'amena à reconsidérer cette version : pourquoi n'existait-il aucune photo de mon père et moi ? Ma mère, qui jusqu'alors n'avait jamais démenti mon interprétation, m'annonça tout de go, sans ménagement : « Ton père m'a quitté avant ta naissance. Il a refusé de te reconnaître. Tu ne l'as pas connu. »

Je lui en ai voulu longtemps. De n'avoir rien dit, puis d'en avoir trop dit. De ne pas avoir enjolivé la réalité pour me préserver. Elle savait trop bien quelle blessure pouvait causer une illusion brisée. Son aveu fit monter progressivement de la colère en moi. Contre elle, contre cet inconnu qui m'avait abandonné sans le moindre scrupule, contre tous ceux qui avaient eu la chance de grandir dans une vraie famille.

À l'adolescence, notre brouille était à son comble. Je la tenais pour seule responsable de mon mal-être et de tous mes maux. Un jour de dispute, ma mère me lança, d'un ton cinglant, que cette histoire avec cet homme lui appartenait: «Avec son nom, tu as déjà tout. Cherche par toi-même si ton père biologique t'intéresse tant que ça.»

Au lycée Émile-Dubois, dans le quatorzième arrondissement, je mis un point d'honneur à devenir un cancre. Seule exception notable, les cours de littérature, où mes résultats étaient les meilleurs de la classe. J'étais secrètement tombé amoureux de la très jeune femme qui était mon professeur, mais, surtout, j'aimais lire. Quelle meilleure activité pour combler la solitude et vivre de meilleures vies que la sienne?

Le jour où je lui annonçai mon entrée en faculté de lettres, maman se frappa le front avec la paume de sa main droite dans un grand geste théâtral: «Il ne manquait plus que ça! Que tu deviennes écrivain ou, pire, poète... À croire que même mort, il a une influence sur toi.»

Cet épisode ne fit que renforcer mon envie d'en savoir plus sur mon père biologique et marqua le début de ma longue quête sur lui.

Très vite, je m'aperçus que sa vie était un labyrinthe. Elle me rappelait une de ces poupées russes qui contiennent, quand on les ouvre, d'innombrables répliques d'elles-mêmes de plus en plus petites. Pas à pas, sa vie se démultipliait en mille histoires, comme s'il était entré dans une galerie de glaces où son identité se scindait en des dizaines de reflets différents qui, pourtant, étaient toujours le même.

D'autres regards que le mien éclairent les miroitements de son âme boitillante.

[Archives personnelles de Ludmila Vladimirovna Maïakovskaïa]

6

« Volodia, Olga et maman m'ont rejointe à Moscou six mois après la mort de papa.

C'était en août 1906, le pays était en effervescence. Le désastre de la guerre contre le Japon avait provoqué l'indignation générale et accéléré l'agitation politique.

Je vivais avec Vassili à cette époque. Nous suivions ensemble les cours à l'académie des arts Stroganov. Il était passionné par l'architecture, moi par le stylisme. C'est grâce à lui que j'avais trouvé un logement pour aider maman.

Un soir où je désespérais, il m'avait parlé d'un hébergement collectif pour étudiants, au nord de la ville, où logeaient certains de ses amis. Les loyers étaient de dix roubles par mois et les étudiants y logeaient souvent gratuitement des ouvriers dans le besoin. Seul bémol : la grande salle commune – qui faisait office de cuisine – était aussi un lieu de débat sur des livres au contenu interdit où on exhortait les travailleurs à se liguer pour défendre leurs intérêts. “Est-ce que ces activités dérangeraient ta mère?” m’avait demandé Vassili. Nous n’avions jamais parlé politique ensemble et j’avais compris ce jour-là que mon amoureux était socialiste. “Non”, avais-je répondu. Je savais que maman aurait accepté n’importe quoi du moment que cela soulageait son fardeau.

Je suis allée les accueillir à la gare un samedi en fin d’après-midi.

Je les attendais; les quais trépidaient d’une foule grouillante, toutes sortes de gens pressés. Embrasé par le soleil d’août, l’air était étouffant. Il était presque dix-huit heures quand la locomotive pénétra sous la verrière de la gare dans un grand fracas, ébranlant le sol sous sa masse. Je reculai d’un pas à son approche, non par crainte d’être ébouillantée par la vapeur ou de trébucher sous les roues, mais par une sorte d’horreur instinctive.

Aérienne et monumentale, la locomotive s’avançait au ralenti, comme portée sur un nuage, les jets de vapeur fusaient entre les bielles luisant d’une huile jaunâtre. Accoudés à la rambarde de leur plateforme, le mécanicien et le chauffeur, lunettes relevées, les habits et les joues noircies par la suie, nous regardaient défiler au-dessous d’eux, les yeux bordés de rouge. Tandis que la file de vieux wagons s’immobilisait dans un long grincement, au lieu de livrer son assaut habituel la foule amassée continua encore quelques secondes à fixer les flancs brunâtres des wagons dans une incrédule stupeur. Puis la verrière s'emplit d'un brouhaha en même temps que les premières silhouettes se détachaient de la foule et commençaient à descendre des marchepieds des wagons.

Maman, Olga et Volodia sortirent parmi les derniers de la voiture numéro trois. Ils traînaient chacun une énorme valise. Volodia était malade : une diarrhée, accompagnée de douleurs intestinales et d'une fièvre insupportable, lui avait rendu le voyage épouvantable. Maman ne prit pas la peine de m'embrasser et s'empressa de me demander de l'aider. Son bagage était très lourd, lesté de livres dont il n'avait pas voulu se séparer.

Dans le bus qui nous conduisait à Tvorchestva, le visage de Volodia était blafard. Il lutta pour rester debout quand il fallut parcourir les derniers mètres pour rejoindre le foyer d'étudiants. Maman ne disait rien, les yeux fixés sur la rivière grisâtre que nous longions. La surface de l'eau semblait dériver silencieusement comme une plaque d'étain terni.

La chambre était située au quatrième et dernier étage du bâtiment. Fermé aux deux extrémités par des cloisons de briques hâtivement maçonnées et dont les joints de plâtre débordaient en boursouflures, le couloir était couvert de papiers peints jaunes, verts ou bleu pâle, parsemés de fleurettes ou de guirlandes. À peine entré, Volodia s'affala sur le lit.

Préoccupée par sa santé, maman ne se soucia guère du lieu et ne fit aucune observation sur l'agitation qui régnait dans la salle commune où les étudiants débattaient dans un grand tintamarre. On aurait dit qu'elle avait pris le parti de l'inconfort que serait sa vie.

Volodia passa les trois jours suivants au lit, une serviette mouillée sur son front pâle. Il divaguait, ses phrases étaient incohérentes. Au milieu de ses élucubrations, des soupirs, puis il se mettait à marmonner dans un demi-sommeil des mots comme "forêts d'immeubles" ou "montagnes d'acier".

À peine rétabli, il se mit en tête d'aider maman à compléter sa pension.

Il avait changé. Plus grave et moins insouciant, comme si l'enfance l'avait quitté à l'âge de douze ans. J'en avais vingt-deux, pourtant je le trouvais presque plus mûr que moi.

Il s'attela à toutes sortes d'activités, comme décorer des boîtes ou des assiettes pour les vendre au marché de la rue Neglinnaya. Une fois entré au *gymnasium*, il se mit à dessiner des affiches publicitaires grâce au père d'un camarade qui travaillait pour une firme pharmaceutique. En contrepartie, il gagnait chaque mois quelques dizaines de roubles et négociait un complément en produits d'hygiène. Ce fut à cette période que sa phobie de l'infection s'accentua. À Bagdadi, maman devait lui courir après pour l'obliger à prendre un bain ; désormais, il se lavait les mains jusqu'à dix fois par jour avec son propre savon, et malheur à qui le lui empruntait. Il s'était aussi acheté son gobelet. Une fois, Olga s'en était servie par mégarde et ils en étaient quasiment venus aux mains, maman avait dû les séparer en grondant Volodia.

La mort de papa avait tout pulvérisé en lui. Il n'était plus le garçon qui montait fièrement et sans appréhension à cheval. Il était devenu difficile à suivre, tantôt débordant d'énergie et d'enthousiasme, tantôt triste et taciturne. Il parlait très peu de ses journées à l'école, mais il avait le plus grand mal à se faire de nouveaux amis, Olga en était convaincue.

Neuf mois après son arrivée, un jour où je n'assistais pas aux conférences de l'université, je l'entraînai à la découverte de Moscou. Au début de notre parcours, il s'enflamma pour la ville, sa splendeur. Il ne cessait de la comparer à Koutaïssi et Bagdadi. Ici, pour lui, tout évoquait les bonnes manières : les dames en robes serrées de satin bleu azur avec leurs ravissants chapeaux ; les écharpes chatoyantes et vaporeuses ; les hommes avec leurs favoris de velours glissés sous la cravate avec un art étonnant ; toutes ces moustaches merveilleuses qui exhalaient parfums et arômes enivrants.

Grisé par l'exaltation, il me força à entrer dans une pâtisserie pour y acheter deux gâteaux feuilletés. Puis, sans raison particulière, au moment de sortir, il devint morose. J'avais les mains pleines, pourtant il refusa de m'ouvrir la porte, il ne voulait pas toucher la poignée. Ensuite, il déclina ma proposition de rentrer en omnibus. "Un nid à microbes", prétexta-t-il avec une mine renfrognée. Face à mon regard perplexe, il finit par m'avouer :

"Ludmila, jamais je ne mourrai comme lui.

— Comme qui ?

— Comme papa. Tué par la gangrène et l'infection. Je mourrai en héros. Comme Tarass Boulba dans le livre de Gogol. Avec panache, grandeur et poésie."

Je peinai à cacher mon émotion et restai sans voix lorsqu'il poursuivit : "Tu aurais vu son corps étendu dans le lit : ce n'était plus papa mais une simple dépouille faite de sa propre matière. Jamais je n'aurais imaginé que la mort était d'une nature aussi répugnante."

Heureusement, le temps commença à faire son œuvre : il amassait les jours, les semaines, les mois puis les années. Et étouffait avec ce poids la brûlure vive du souvenir.

Volodia se mêlait de plus en plus souvent aux étudiants socialistes dans la salle du réfectoire. Fasciné par la personnalité de Vassili, il se laissa entraîner dans le mouvement bolchevique et s'enflamma petit à petit pour la cause. Ils partageaient les lectures, s'affairaient à recopier des extraits de brochures. L'étude des écrits de Marx ou Hegel, qu'ils n'interrompaient sous aucun prétexte, que ce soit pour souper ou pour prendre le thé, les accaparait entièrement. Ils écrivaient pour un journal.

La vie misérable que nous menions incitait mon frère à adhérer aux thèses socialistes. *Que faire?* de Lénine était devenu son livre de chevet. L'attrait qu'il éprouvait pour ce théoricien ne fit que redoubler quand il apprit que Lénine lui aussi avait perdu son père alors qu'il était enfant. Lorsque, dans les réunions, les discussions s'embrasaient, Vassili se levait : il se dandinait comme le battant d'une cloche et prononçait de sa voix douce et sonore des paroles simples et claires qui apaisaient aussitôt l'assemblée.

Maman n'aimait pas que Volodia s'attarde dans ces débats. Son père aurait désapprouvé son choix, elle s'évertuait à le lui répéter, et savait-il seulement que les socialistes avaient tué un tsar?

Lui s'en amusait, personne ne comprenait quelle était la force des socialistes, eux au moins s'attaquaient aux problèmes quotidiens, ils évoquaient dans leurs discours la famille, le commerce, les enfants, la police, mais surtout ils se préoccupaient du prix de la viande ou du pain. Quand maman apprit que Volodia avait adhéré au parti bolchevique, ses inquiétudes se muèrent en colère, et elle essaya par tous les moyens de le ramener à la raison :

“Nous n'avons pas besoin d'avoir la police du tsar comme ennemie. Ne trouves-tu pas que nous avons suffisamment de problèmes ?

— Je ne comprends pas ce qu'il y a de dangereux et de défendu. Il y a des moments où j'éprouve un tel bonheur, maman. Si tu savais. Si tu pouvais comprendre quelle œuvre joyeuse et grande nous accomplissons.

— Vous allez tous finir en prison, voilà tout."

Les mots sortirent de la bouche de notre mère en rafale, des petites phrases simples, saccadées, qui disaient son incompréhension. Puis, une fois la pensée tarie, elle se tut à nouveau, lèvres serrées, le regard voilé d'une douceur morne.

Volodia avait gardé le silence avant de répondre, les yeux brillants : "Nous, les socialistes, nous voulons être des hommes. Nous devons montrer à ceux qui nous exploitent et nous veulent aveugles que nous voyons tout, que nous ne sommes ni des idiots ni des brutes, que nous ne voulons pas seulement manger mais aussi vivre comme il convient aux hommes de vivre. Nous devons leur montrer que la vie de bagne qu'ils nous ont faite ne nous empêche pas de nous mesurer à eux par l'intelligence et de les dépasser par l'esprit."

Lorsque l'école reprit, en 1908, il endossa avec quelques camarades le rôle d'agitateur au sein du *gymnasium*. Volodia était devenu un parfait adepte de Lénine. Il désapprouvait le terrorisme individuel, acte de désespoir, mais parlait de "violence organisée" au sujet de la Révolution française. À propos de la nomination d'un nouveau Premier ministre, Stolypine, pour conduire des réformes modernistes, mesure adoptée par le tsar pour remédier à la poussée révolutionnaire, Volodia et ses nouveaux camarades s'exclamaient en chœur : "De la poudre aux yeux !"

Dans les salles de classe, il dessinait à la craie des portraits de Marx sur les murs et écrivait : "À bas l'autocratie ! Vive la République démocratique !" Avec quelques camarades, il déployait des bannières rouges, sifflotait des chants révolutionnaires ou satiriques sur le tsar et appelait à la grève. Il citait Lénine pour éveiller les consciences et enrôler des âmes nouvelles : "En Russie, les gens sont sombres, nous avons seulement besoin d'élargir notre mouvement ; il nous faut redoubler d'audace, ne pas craindre d'entraîner la jeunesse. Nous sommes en guerre."

Son carnet de notes trahit ses nouvelles occupations. Maman fut profondément chagrinée par les commentaires de ses professeurs : "Pas à la hauteur des exigences de notre enseignement." Après l'avoir lu à haute voix, elle égrena les notes, toutes plus catastrophiques les unes que les autres : "Langue russe : 4 ; français : 3 ; allemand : 2 ; Loi de Dieu : 3 ; mathématiques : 1 ; histoire : 4..."

Volodia s'était aussi mis à fumer, beaucoup. Olga lui faisait des scènes en vidant les tasses bourrées de mégots : "Tu devrais arrêter, Volodia. Non seulement ce n'est pas bon pour la santé, mais surtout ça sent tellement mauvais. Embrasser un homme qui fume, c'est comme lécher un cendrier."

Un autre jour, maman me montra une revue que Volodia avait fondée avec Vassili. Mon frère signait ses articles "Camarade Konstantin". "Te rends-tu compte, m'avait-elle dit, il n'a rien trouvé de mieux que d'utiliser le prénom de grand-père pour son identité secrète."

Un fils devrait toujours écouter sa mère. Le foyer d'étudiants où ils logeaient était déjà le point de mire de nombreux regards méfiants. Des rumeurs circulaient. La nuit, on venait regarder à la fenêtre, parfois quelqu'un frappait à la vitre puis s'enfuyait bien vite.

Volodia s'était mis à distribuer ses feuillets rédigés à l'encre bleue dans le faubourg. Un soir, il était près de minuit quand des silhouettes tambourinèrent à notre porte. Des hommes en gris, un sabre sur le côté, les éperons aux talons, entrèrent en poussant violemment maman. Les ombres noires se contorsionnaient sur les murs, dans les scintillements de la lampe. Ils mirent toute la maison sens dessus dessous, fouillèrent même sous les lits et le poêle. Aux côtés des quatre gendarmes, un jeune officier, grand et mince, à la moustache noire, prit la parole :

"Vladimir Vladimirovitch Maïakovski, est-ce bien toi qui te fais appeler camarade Konstantin ?

— Moi-même !"

Pendant que Volodia répondait fièrement à l'officier, les gendarmes retiraient avec fracas les livres des rayons et les empilaient sur la table basse, devant leur chef. Ils frappaient les murs de leurs poings, se baissaient pour regarder sous les meubles. L'un d'eux, le visage grêlé et couvert de plaques rouges, saisissait prestement les livres du bout de ses doigts boursouflés ; il les feuilletait, les secouait, puis les jetait brutalement de côté.

Parfois un volume tombait à terre dans un bruit sourd. Tout le monde se taisait, on n'entendait que les reniflements des gendarmes affairés, le cliquetis des éperons ; de temps à autre, une voix demandait : "Tu as regardé ici ?"

Maman se plaça à côté de Volodia, dos au mur. Elle croisait les bras sur sa poitrine mais ses genoux chancelaient et un brouillard voilait ses yeux. Soudain, n'y tenant plus et commençant à s'échauffer, Volodia s'écria : "À quoi bon lancer les livres par terre ?"

Le gendarme s'arrêta net comme si on l'avait frappé à la nuque. Il s'apprêtait à se jeter sur mon frère mais la voix de l'officier résonna, tranchante : "Il a raison. Soldat, ramasse les livres." Le gendarme se tourna vers mon frère et, en l'examinant du coin de l'œil, entreprit de ramasser les livres en lambeaux. L'officier poursuivit :

"Qui lit Maxime Gorki ici ?

— Moi, répondit Volodia.

— Ah... et à qui sont tous ces livres ?

— À moi ! dit-il encore.

— Et ce revolver ?

— Toujours à moi !

— Bien, conclut l'officier en claquant les talons et lissant sa moustache... Sans doute connais-tu aussi les scélérats qui répandent dans la rue des brochures et des proclamations interdites ?"

Sans attendre la réponse, il ordonna aux gendarmes : "Emmenez-moi cet animal."

Le lendemain, Volodia était enfermé dans une cellule de la prison des Boutyrki.

Dans trois mètres sur deux, il pouvait à peine faire un pas entre son lit en fer, une table de chevet, une cuvette et un crochet au mur pour suspendre ses habits. Son premier cachot. Et ses premières larmes. Il n'avait que seize ans.

La première nuit, il pleura, couché sur son lit, genoux relevés contre sa poitrine. "Tais-toi, saleté de socialiste", lui hurla un gardien, l'œil contre le judas. Mon frère commit l'imprudence de répondre par un puissant crachat en direction de la porte. Le gardien n'en attendait pas plus pour en découdre. Il entra dans la cellule et le frappa pendant quinze longues minutes au moins. "Bienvenue à Boutyrki", se défoulait-il sur Volodia, lui assénant des coups de pied dans les reins. Le front de Volodia heurta le sol. Il avait le pouce brisé, deux côtes cassées. Il saignait de la bouche et du nez. Un filet brûlant coulait dans sa nuque.

Il resta enfermé un an à la prison des Boutyrki, avec deux cents autres prisonniers socialistes. Au cours des premiers mois, ses journées se noyaient dans l'ennui. Son regard se heurtait aux mêmes obstacles : le plafond voûté de la cellule, le sol de sang caillé, la lucarne haute qui épuisait le jour. Privés de visite et de courrier, les détenus politiques restaient enfermés jour et nuit sans promenade. Leurs cellules étaient un amas d'immondices humides. Plus d'une fois, Volodia entreprit de se plaindre de l'état de putréfaction de cette partie de la prison. Pour attirer l'attention, il s'ouvrit une veine de l'avant-bras. À l'infirmier qui le soignait, il annonça qu'il ne craignait pas la mort, qu'elle l'attirait même. Son geste lui valut d'être reçu par le psychiatre de la prison, lequel consigna, dans son dossier, une névrose pathologique causée par une peur phobique de l'infection.

Il comprit ce jour-là que mourir dans cette prison n'aurait rien d'héroïque. Il n'était connu de personne et n'avait accompli aucun acte révolutionnaire notable.

Que lui restait-il alors, sinon se plonger dans le seul loisir qui lui était autorisé : la lecture ? Parfois, la nuit, Volodia se mettait à écrire. Des pages et des pages qu'il noircissait des heures durant. Au matin, il les déchirait en mille morceaux. Les essais politiques lui étaient interdits ? Qu'importe, les penseurs ne parvenaient plus à éveiller en lui la soif des vérités intellectuelles. Avec un plaisir intense, il s'était mis aux classiques et aux œuvres littéraires dont l'ignorance lui pesait cruellement. Pouchkine, Lermontov, Nekrassov, Tolstoï, Dostoïevski, mais aussi Byron, Shakespeare, Baudelaire, ou encore des symbolistes comme Konstantin Balmont ou Andreï Biely, défilaient entre ses mains. Les poètes le touchaient au vif. Ils lui indiquaient plus fermement le chemin de la vie et l'entraînaient vers l'avenir. Une semaine entière, il était resté assis sur son lit, immobile, à dévorer le roman en vers de Pouchkine *Eugène Onéguine*.

À sa sortie de prison, ses cheveux recouvraient ses oreilles et son nez en paquets graisseux. Avec Olga et maman, nous nous étions préparées à le retrouver encore plus terne et taciturne que d'habitude ; son entrain et son enthousiasme nous laissèrent sans voix. Grâce à ses découvertes littéraires, il racontait, exalté, que pour la première fois de sa vie il avait eu l'impression de devenir un homme nouveau, magnifique et libre. "Voilà ce qui m'a empêché de me cogner la tête contre les murs tout ce temps, ne cessait-il de dire, citant fréquemment Dostoïevski ou Alexandre Pouchkine. Leurs mots font trembler l'air au-dessus de la page comme sur une route fondue au soleil d'été."

Volodia nous annonça aussi, pour le plus grand bonheur de maman, qu'il cessait toute implication dans le Parti. Il voulait se consacrer à l'édification d'un art socialiste. Une telle tâche nécessitait qu'il se remette à étudier. Vassili chercha à l'en dissuader, il parlait d'une grande révolution à venir. "Hors de question de passer ma vie à rédiger des tracts, s'échauffa mon frère. Je n'ai pas suffisamment de talent littéraire, mais mes dons en dessin me permettront d'intégrer l'école de peinture et d'architecture."

C'était la seule école de Moscou qui n'exigeait pas de certificat de bonne conduite. Avec l'aide d'Olga, maman et moi, après quelques mois de préparation Volodia fut admis en classe de figure, la classe de dessin de l'école. »

[Nicolas Asseïev, *Souvenirs de jeunesse*, Novy Mir]

7

« C'était en 1912, la veille, exactement, de la journée de la Camomille blanche, où on récoltait de l'argent pour les tuberculeux. Les enfants du tsar y avaient participé entre deux parties de tennis avec leur père, tandis que des premiers députés bolcheviques venaient d'être élus à la Douma.

Cela faisait plusieurs semaines qu'un nouveau, un géant sale et hirsute, paletot poussiéreux et yeux sombres de canaille, essayait d'intimider mon ami David Bourliouk. Ce grand con – il répondait au nom de Maïakovski – avait pourtant dix ans de moins que David mais, tous les jours, il le cherchait avec des blagues et des quolibets sur ses tableaux, qu'il jugeait trop marqués par les influences cubistes. David, qui avait jusqu'alors réussi à se maîtriser, perdit patience et lui adressa un soufflet plein de noblesse. Maïakovski leva le bras, mais son geste théâtral tourna court. David, qui était petit et trapu, pratiquait la gymnastique Müller. Il n'eut pas de mal à le devancer et à appliquer vigoureusement son poing sur la chair molle de son visage. Maïakovski était couvert de sang. Une infirmière de l'école dut l'emmener au dispensaire le plus proche.

David aurait pu en rester là mais, le lendemain, il chercha à crever l'abcès. Il fondit directement sur Maïakovski, qui gardait sa Mosselprom vissée, comme d'habitude, au coin des lèvres, malgré ses douleurs à la mâchoire. Ses longs cheveux en bataille étaient cachés sous un chapeau noir à large bord enfoncé jusqu'aux sourcils. Avec sa chemise et sa cravate noire, il avait l'allure étrange d'un héros byronien en quête d'identité artistique.

Le style de ce Maïakovski plaisait à David ; sa personnalité exubérante et débordante aussi. Son effronterie éveillait l'intérêt de beaucoup. Pour ma part, je le trouvais grossier et ennuyeux : la preuve, les tableaux de Cézanne n'étaient pas à son goût.

Après leur explication, David revint vers moi en sa compagnie. Je lisais un texte d'Akhmatova assis dans un couloir du rez-de-chaussée de l'école. Il semblait l'avoir adopté. Il fit les présentations : "Vladimir Maïakovski, je te présente mon ami Nikolaï Asseïev. Voilà à présent réunis deux jeunes poètes prometteurs..."

Je n'avais rien répondu. Maïakovski s'était, lui, contenté de dire :

"Rien de ce que j'ai écrit n'a encore été publié...

— Eh bien, mets-toi enfin à écrire sérieusement ! Sinon, tu me mets dans une position stupide", lui lança David, d'un ton supérieur.

Puis s'adressant à moi, le regard pétillant, il ajouta :

"Il n'y a pas que la poésie qui nous rassemble : nous partageons la haine du formalisme et de l'académisme. À nous trois, nous allons incarner le combat des modernes contre les anciens dans cette maudite école."

Après cet épisode, ils devinrent inséparables. David l'emmenait dans nos soirées et l'introduisait dans nos cercles artistiques. Il le fournissait en livres et lui suggérait des auteurs de poésie française et allemande que Maïakovski avait négligés dans ses lectures en prison.

David lui donnait de l'argent aussi, beaucoup d'argent, près de cinquante kopecks par jour. "La fortune de mon père me met à l'abri du besoin. Mais lui... Son père est mort si jeune. Et puis, regarde ses chicots bruns complètement cariés et plantés de travers comme des clous", se justifiait-il auprès de moi.

La seule chose dont j'étais certain, c'était que Maïakovski misait les cinquante kopecks tous les jours aux cartes, pour la simple raison que j'y jouais régulièrement contre lui. Je n'ai gagné qu'une seule fois, il était extrêmement doué. Il y avait en effet dans son jeu quelque chose d'existentiel : s'il perdait, il perdait tout, y compris la capacité de manger ce jour-là. Il était épuisant, il misait tout, bluffait en permanence, et ne se levait pas de table à moins qu'il eût gagné ou été contraint d'admettre sa défaite. Il jouait les nerfs tendus à bloc, et quand cette tension se relâchait, il allait et venait dans la pièce en pleurant. Je pense qu'il était déjà fou. Personne n'a jamais pris la peine de s'appesantir sur ma version. Il était incapable de considérer la défaite comme une issue aussi naturelle que la victoire. Perdre était pour lui une tache indélébile, un affront personnel. C'était une sorte de match de boxe sans les poings, où les échanges de coups n'étaient que les préparatifs du knock-out. Un knock-out, oui, voilà le terme qui s'appliquait le mieux à son état d'esprit.

Le poker et la poésie avaient fini par nous rapprocher. Je voyais bien qu'à l'école, et le soir en rentrant chez lui, il ne cessait de s'intéresser à la poésie. Une fois où je le surpris en train de griffonner quelques vers, il me lança d'un air gêné : "C'est un peu comme l'étincelle qui réchauffe l'homme égaré dans l'hiver, quelque chose qui prend tout à coup un poids infini."

Il m'adressait de temps à autre quelques-unes de ses compositions. Je répondais poliment, voulant à tout prix éviter de le vexer. Un jour, il se montra plus insistant et voulut connaître le fond de ma pensée : "Dis-moi la vérité, Nikolaï."

Rien ne me mettait plus mal à l'aise que ce genre de situations.

"Personne ne peut te conseiller ni t'aider, Vladimir, personne. Il n'y a qu'un seul moyen, tu dois regarder à l'intérieur de toi.

— C'est-à-dire ?

— Sonde la raison qui te pousse à écrire. Prend-elle ses racines dans les tréfonds de ton cœur ? Devrais-tu mourir s'il t'était interdit d'écrire ? Si à ces questions il t'est donné de répondre un simple et puissant 'oui', alors construis ta vie suivant cette nécessité. Ta vie jusqu'en ses heures les plus anodines doit être signe et témoin de ce besoin. Une œuvre d'art n'est bonne que quand elle naît d'une nécessité. Cette origine est sa valeur : elle seule est juge."

En plus de la poésie, Vladimir se passionnait pour les sujets politiques et œuvrait à la préparation d'un art révolutionnaire.

Tous ses écrits s'inscrivaient dans la veine futuriste : "Nous déclarons que la splendeur du monde s'est enrichie d'une beauté nouvelle : la vitesse. Une automobile rugissante est plus belle que la Victoire de Samothrace. Il faut démolir les musées, les bibliothèques, combattre le moralisme et toutes les lâchetés opportunistes et utilitaires. Jusqu'ici, la littérature a magnifié l'immobilisme et le sommeil. Nous voulons exalter l'insomnie fiévreuse, le pas gymnastique, le saut périlleux, la gifle au goût du public. Quand chanterons-nous les ressacs polyphoniques et multicolores des révolutions ? La vibration nocturne des arsenaux sous leurs violentes lunes électriques ; les gares gloutonnes et dévoreuses de serpents qui fument ; les usines suspendues aux nuages par les ficelles de leurs fumées ; le vol glissant des aéroplanes dont l'hélice a des claquements de drapeau et des applaudissements de foule enthousiaste. Nos cœurs se nourrissent de feu et de vitesse, de l'agitation des machines modernes."

Vladimir avait choqué Jukovski, notre professeur de peinture, en jurant qu'il ne s'était pas préparé des nuits entières à cette école pour apprendre à dessiner des napperons. Voyant l'agitation que nous suscitions au sein de l'école, le directeur commença à faire planer la menace de renvoi en traitant notre petit groupe de séditieux. Quelqu'un lui avait fait lire notre manifeste. David et Vladimir avaient combiné leurs idées pour en trouver le titre, *Une gifle au goût du public*. Nous appelions à la créativité libre et considérions que la révolution esthétique devait répondre à la révolution politique. Malgré mes réserves, Vladimir avait absolument tenu à ce que soit conservée la phrase qui avait précipité le scandale. "Nous seuls sommes les visages de notre temps : nous devons jeter par-dessus bord du navire *Présent* Pouchkine, Dostoïevski, Tolstoï."

Après ça, le prince Lvov, directeur de l'école, nous expulsa. La sévérité de cette sanction m'amena à prendre, du moins temporairement, mes distances avec David et Vladimir. Ces deux-là étaient dans un état d'émulation permanente pour choquer chaque jour davantage le public et les bourgeois. Je sus néanmoins par la presse qu'ils avaient lancé avec Khlebnikov une tournée de lectures et de conférences à travers tout le pays. Quelle histoire… Elle dura plus d'un an, et paradoxalement, ce fut ce vacarme qui contribua à asseoir la renommée poétique de Maïakovski en Russie. »

8

Il existe dans les archives nationales françaises un fonds dont presque personne ne connaît l'existence, que les initiés appellent « le fonds de Moscou ». On y trouve de nombreuses archives d'origine publique ou privée, ainsi que des fiches de surveillance nominatives sur des intellectuels et artistes russes.

En 1940, durant l'Occupation, ces archives avaient été transférées en Allemagne, puis elles passèrent aux mains de l'Armée rouge après la capitulation nazie, avant d'être, partiellement, restituées à la France.

Je suis un des premiers à y avoir eu accès en 1953. J'avais vingt-quatre ans. Je terminais ma thèse sur l'étude comparée des courants futuristes italien et russe ; ces travaux m'avaient d'ailleurs motivé dans l'apprentissage accéléré de ces deux langues étrangères.

J'y suis allé un lundi d'octobre. La journée était splendide, avec un ciel bleu vif et un vent frais qui agitait les feuilles des marronniers et sentait l'automne. Les rues du Marais étaient désertes.

À l'accueil de l'hôtel de Rohan, le personnel était débordé, encore occupé à gérer les restitutions d'après-guerre. Un conservateur qui passait à ce moment-là écouta distraitement ma requête et, mis en confiance par mon statut de chercheur, me laissa me débrouiller seul. Il me conduisit dans les sous-sols du bâtiment, et après plusieurs minutes de marche au pas de course, il me pointa du doigt ce qui ressemblait à une cave : « Voilà le fonds de Moscou, profitez-en pour mettre de l'ordre, ça m'avancera. »

Je me souviens du silence et du froid qui régnaient dans cette cave. De l'obscurité aussi, de ces cartons entassés sur des rayonnages métalliques. Durant presque une demi-heure, je déambulai au milieu de ces rangées qui sentaient le vieux papier et la poussière.

La chance m'a souri : chaque carton portait une lettre. J'ai passé une matinée entière à identifier et regrouper ceux où figurait la lettre *M* ; puis un après-midi à les ouvrir pour trouver ce que j'étais venu chercher : le dossier « Maïakovski ».

J'étais émerveillé par ces liasses de feuillets sans ordre, sans classement. Il y avait là des rapports, des coupures de presse, des lettres, toutes en rapport avec mon père biologique. Un moment, j'ai vu quelque chose que je n'avais pas remarqué, un détail. Une petite fiche jaunie et cartonnée, perdue au milieu des documents. C'était la fiche du contre-espionnage français. En haut à droite, il y avait sa photo. À gauche sa civilité, Vladimir Vladimirovitch Maïakovski, ainsi que son numéro de dossier, 1295/614/2. Plus bas, une série de renseignements : les motifs de sa surveillance, ses lieux de résidence habituels à Paris, les personnes qu'il côtoyait.

Mais ce qui me coupa littéralement le souffle fut l'inscription *Mad* tout à la fin, surnom de l'agent de liaison qui avait réalisé cette fiche. Le prénom de ma mère était Madeleine et l'écriture que j'avais sous les yeux était, sans aucun doute possible, la sienne.

Je voulus en avoir le cœur net. Je n'eus pas grand mal à subtiliser cette fiche en la dissimulant soigneusement sous mon pull. Le soir même, je suis allé trouver ma mère dans son appartement rue d'Odessa. J'ai posé la fiche sur la table, sans rien dire. Au bout de quelques instants, elle l'a prise dans ses mains avec une émotion palpable. Elle a caressé avec tendresse la photo puis a relevé lentement son visage : « Cet homme est bien ton père. D'une certaine manière, chacun de nous a mené sa propre enquête. »

[Fonds de Moscou, Archives nationales de France, dossier «Maïakovski»]

9

«Événements rapportés par la presse de Kiev lors de la première tournée des poètes futuristes (mars 1914):

“Des dégénérés, le visage marqué au fer rouge comme de vrais bandits;

Une vaste plaisanterie, des poèmes totalement incompréhensibles et absurdes;

Des hurluberlus dans des tenues provocantes, peintures de guerre et signes kabbalistiques tatoués sur le corps;

L’ordre a été donné d’autoriser la manifestation, mais en présence du gouverneur général, du chef de la police, de huit commissaires, seize commissaires adjoints, vingt-cinq inspecteurs, soixante agents à l’intérieur du théâtre et cinquante policiers à cheval à l’extérieur;

Des fauteurs de scandales, des rustres invétérés qui ont été sifflés et hués par le public ;

De jeunes provocateurs insolents prétendant jeter par-dessus bord tout ce que la Russie compte d'auteurs classiques ;

L'un d'eux s'appelle Maïakovski. Un géant de deux mètres, une vraie tête de canaille. Un poète inconnu, un cynique insolent, un charretier, un bonimenteur dont la plus grande joie est de se jeter fagoté d'une blouse jaune sur des gens comme il faut ;

D'horribles voyous que le tsar aurait mieux fait de laisser croupir à la prison des Boutyrki !" »

[Lettre de Maïakovski à sa mère,
archives personnelles de Ludmila]

10

Odessa, 11 novembre 1914.

« Mamochka,

Ouvre grand tes oreilles. Je suis aux anges. Le combat pour l'art nouveau est passé à la vitesse supérieure.

Grâce à toi je taille des pantalons noirs dans le velours de ma voix. Tout le monde en a après la veste jaune que tu m'as cousue avec le tissu de six archines. S'ils savaient qu'elle ne m'a même pas coûté un rouble.

Mes poèmes plaisent autant à la foule de curieux que les tableaux de Bourliouk ou les images d'œuvres de Picasso que nous projetons. Étrangement, le poème qui suscite le plus d'applaudissements est un de mes tout premiers : *Nuit et matin*. C'est le texte expérimental que je t'avais lu, il est influencé par l'esthétique de la peinture moderne.

Maman, quels autres poètes ont jamais provoqué un tel branle-bas de combat ? Dix policiers par poème lu. Ça, c'est de la poésie !

Marinetti est venu d'Italie pour expliquer que c'était lui, et pas nous, qui avions inventé le futurisme. Il a déchaîné des huées et des sifflets, il n'a presque pas pu parler. Nous l'avons raccompagné avec David à la gare, il était furieux contre nous.

Embrasse très fort Olga et Ludmila et dis-leur de ma part de bien prendre soin de toi.

Ton Volodia »

11

C'est exactement ce dont il rêvait. Devenir un poète nouveau, libre, qui pense, ressent et incite les autres à suivre sa voie.

Cette tournée a fait résonner son nom dans le monde littéraire et artistique : Vladimir Vladimirovitch Maïakovski.

Juillet 1915. Exalté, il a l'audace d'écrire une lettre à Maxime Gorki lui déclarant combien il admire ses écrits. Il reçoit quelques semaines plus tard une réponse élégamment tournée, l'invitant à lui rendre visite dans sa datcha d'été en Finlande, à quelques heures de Petrograd.

Dans le train qui le mène à Mustamäki, confortablement assis sur la banquette de velours, Volodia triture nerveusement l'exemplaire de *La Mère*, le dernier grand succès de l'écrivain. Il a promis à Vassili de revenir avec une dédicace à la première page. Le corps en appui sur une hanche, les cheveux coupés ras, la poitrine dégagée, il donne une impression d'aisance et d'énergie. Il trouve le trajet monotone : des prés et des champs cultivés depuis des siècles défilent sous ses yeux, alternant avec arbres et forêts.

Le train finit par ralentir, puis stoppe dans une petite gare de campagne. Volodia se lève immédiatement, empoigne sa valise à soufflet rangée dans le porte-bagages au-dessus de lui et sort en franchissant d'un bond les trois marches de son wagon. Sur le quai, il regarde sa main gauche encore sale de la suie qui s'est déposée sur la rampe de cuivre qu'il vient de lâcher, sort un mouchoir et s'essuie soigneusement. Il cherche machinalement un endroit où se savonner les mains puis se ravise. Il traverse d'un pas vif une salle d'attente aux murs grisâtres décorés de quelques peintures, puis débouche dans la rue principale du village, sous l'ardent soleil de l'après-midi.

Gorki est là qui l'attend. Corps trapu, tignasse sombre et coupée en brosse, visage carré, moustache fournie et tombante, front large, il est assis sur la banquette avant d'une carriole tirée par un cheval. Il le salue d'un geste amical et familier et, à peine Volodia monté, frappe deux coups du plat des rênes pour mettre le cheval au trot. Quatre verstes séparent la gare de la petite propriété.

L'air est étouffant, alourdi d'effluves d'herbes et de fleurs. La carriole grince sur la route caillouteuse, assez bien dessinée mais à peine tassée, qui s'enfonce dans un bois de pins. De temps en temps, une étincelle fuse sous la jante ferrée ou sous le sabot du cheval, ou bien un silex vient frapper le bois de la carriole ; parfois au contraire, elle s'enfonce, avec un bruit feutré, dans la terre molle du fossé.

Gorki s'enquiert de son statut quant à la guerre. Voilà un an que la Russie se bat contre l'Allemagne aux côtés de l'Angleterre et de la France. «J'ai la chance de ne pas avoir été envoyé au front. Je suis mobilisé en tant que dessinateur à l'école militaire automobile de Petrograd», répond Volodia, laissant entendre que cette activité dans la capitale lui laisse quantité de temps pour écrire et rencontrer écrivains et artistes.

Le maître sourit. Il estime que Nicolas II se trompe : cette guerre ne servira ni à rétablir son pouvoir ni à refaire l'unité du peuple russe. «L'armée est mal préparée, les défaites s'accumulent. Et je ne parle pas de l'inflation, des pénuries d'aliments et des revendications des ouvriers et des paysans... Je ne donne pas un an au tsar avant de devoir abdiquer», lance-t-il avec son accent d'homme du peuple originaire de la Volga, appuyant sur les *o*.

La route soudain se rétrécit et Gorki ralentit le trot du cheval. «Nous voilà arrivés», lance-t-il de bonne humeur en s'arrêtant et désignant de la main le modeste chalet de bois qui trône devant eux. Il saute à terre, le cheval s'ébroue. Volodia descend à son tour, s'extasie avec une émotion perceptible dans la voix : « On dirait le chalet de Bagdadi où j'ai grandi. »

Gorki le dévisage avec attention. Ils pénètrent dans une salle boisée où trônent une petite table, un buffet branlant de bois blanc, quelques vieux bagages et un matelas placé perpendiculairement à la cheminée. Gorki le conduit dans son cabinet encombré d'étagères chargées de livres, d'une collection de monnaies et de médailles et d'un porte-plume en corail, cadeau des pêcheurs de Capri. Au-dessus de son fauteuil de cuir, de minuscules poussières tournoient dans les rais du soleil. Il sort du tiroir de son bureau un cigare, l'allume. Des volutes de fumée se mettent à flotter doucement, évanescentes, au milieu des minces filets de lumière. Remuant malicieusement sa moustache, l'écrivain s'exclame avec sa voix haut perchée :

« Les jeunes gens m'intéressent infiniment plus que les hommes de mon âge. Qu'écrivez-vous en ce moment ? Je serai ravi d'entendre l'un de vos derniers poèmes.

— N'insistez pas trop, Alexeï Maximovitch, sinon je vais profiter de l'honneur que vous m'offrez pour déclamer ma dernière composition, *Le Nuage en pantalon.*

— Si, si, allez-y, cher ami. Rien ne me mettrait plus en joie aujourd'hui. À lui seul, le titre aiguise déjà ma curiosité », s'exclame Gorki dans une quinte de toux.

Sur le point de s'élancer, Volodia retient son souffle : « Je ne l'ai encore prononcée devant personne, pardonnez certaines hésitations. »

Gorki lève l'index de la main droite comme si l'affaire était déjà entendue. Volodia inspire à pleins poumons et se met à lui réciter son poème. Sa voix est surprenante, tantôt lyrique, tantôt teintée d'un ton de sarcasme acéré, comme si le jeune homme avait encore du mal à l'apprivoiser ou prenait conscience de son potentiel. Il va et vient à travers la pièce, se dresse d'un bond ou se courbe en baissant la voix.

Et une fois Maïakovski parvenu à la fin de son texte – *En fracassant le monde par le bourdon de ma voix / Je m'avance, beau gosse, mes vingt-deux ans en prime* –, Gorki s'émeut du trouble de ce poète qui n'est encore qu'un gamin. Puis le silence se fait. Gorki, qui peine à masquer son enthousiasme, se lève : « Parmi vos passages tempétueux et imparfaits, on trébuche sans arrêt sur des fragments d'art révélant un talent qui s'élève parfois au niveau du génie ! »

Volodia exulte intérieurement.

« Ce qui me plaît chez vous, c'est que vous avez votre propre visage. Quand je vous écoute, je vous vois vous et vous seul, un poète, un grand poète...

— Vos propos me flattent, cher maître... Puis-je vous demander ce que vous pensez du courant futuriste que nous avons lancé avec mon ami Bourliouk ?

Nous voulons l'imposer comme l'art socialiste par excellence... »

Gorki tiraille ses moustaches, prenant le temps de choisir ses mots.

« Sur ce point, mon avis est plus réservé, cher ami : j'y vois un courant littéraire introduit de toutes pièces dans la vie culturelle de notre pays. Il n'est pas viable politiquement. »

Sans laisser le temps à Volodia de répondre, Gorki le tire gentiment par le bras : « Mais allons, mon bon ami, partons nous promener dehors, je vais vous présenter Maria Fedorovna, mon épouse. Je ne vous ai pas fait venir pour débattre de politique. Parlez-moi plutôt de vos secrets de composition et d'écriture. Je suis friand de ces détails. »

Le séjour se passe à merveille. Quand Volodia, avec son chapeau noir à larges bords sur la tête, repart le lendemain, raccompagné à la gare par Gorki, c'est presque à regret qu'il rentre à la capitale.

[Mémoires d'Elsa Triolet,
inédit sans titre]

12

« Début 1916. J'avais dix-neuf ans à cette époque. Je vivais seule avec mes parents à Petrograd depuis le mariage de ma sœur Lili avec Ossip.

J'avais supplié papa de me payer des cours de dessins avec Ilya Machkov. Au début, il était contre. Il disait qu'avec les pénuries et les hausses de prix on ne pouvait plus jeter l'argent par les fenêtres.

Ilya m'avait tout de suite complimentée au sujet de mes tableaux. Elle disait que je faisais du bon travail et, après trois mois d'enseignement, elle me lança : "Te voici prête ! Demain je vais t'introduire dans le cercle d'artistes animé par le peintre David Bourliouk."

Bourliouk vivait dans un immense appartement payé par son père, qui avait fait fortune en Ukraine.

Ilya en profita pour me mettre en garde contre un habitué de ses soirées, un poète excentrique toujours prêt à se donner en spectacle ou à faire un scandale au sujet des bourgeois. Vladimir Maïakovski.

Dès mon entrée dans le salon, je le reconnus. Il était immense, vêtu de façon tape-à-l'œil avec un grand chapeau noir et une veste jaune. Sa réputation n'était pas usurpée. Dans ce groupe, il était le seul à manquer de manières. Je n'arrivais pourtant pas à détourner mon attention de cet être solaire.

À un moment de la soirée, sans doute grisé par la vodka, et alors que personne ne le lui avait demandé, il se mit à déclamer quelques-uns de ses vers : *Mais pourtant... Mais pourriez-vous ?... Amour... Dans le velours de ma voix...* Il parlait si fort que tout le monde était obligé de l'écouter. Une fois qu'il eut terminé, comme s'il avait deviné que ses mots m'avaient hypnotisée, il s'approcha de moi et me lança avec un air de défi dans la voix : "J'ai du style, non ?" Son toupet me sidéra. Je me souviens avoir bégayé : "Oui..." Je n'étais pas franchement vicieuse mais, à cette période de ma vie, je rêvais d'indécences. Je *voulais* qu'une aventure m'arrive. Dieu m'avait donné le désir d'amour. Il avait créé mon âme pour l'amour. Mais, contrairement à ma sœur Lili, il ne m'avait pas donné le corps fait pour l'amour. Aucun homme ne tombait amoureux de moi et, pire, aucun ne répondait jamais à mes avances. Alors quand ce poète – dont la présence encombrait à elle seule l'appartement – s'intéressa à moi, je ne réfléchis pas une seule seconde.

Maria, une jeune peintre de dix-sept ans participant elle aussi à cette soirée, remarqua mon attirance pour Maïakovski. "Il accumule les jeunes femmes comme des trophées, me dit-elle en guise de mise en garde. Sa taille élancée et sa démarche alerte jouent pour lui, concéda-t-elle, mais pas son style tapageur ni ses tenues provocantes. Sans parler de ses dents !" Moi, je trouvais que son aura de poète contrebalançait sa personnalité arrogante en lui apportant une touche de sensibilité. Quant à ses mauvaises dents, elles ne me gênaient pas, elles révélaient au contraire son être intérieur.

Notre histoire dura plusieurs mois. Je le faisais venir presque tous les jours à la maison. Maman se montrait ouvertement choquée par ses façons, ce qui, évidemment, confortait mon choix. Il était pourtant d'une politesse désarmante avec elle, très talons rouges. Il ne disait que le strict nécessaire. Mais quand l'heure avançait et que maman, déjà en robe de chambre, venait lui dire qu'il était tard et temps d'aller se coucher, elle devait insister plusieurs fois avant que Vladimir se mette lentement à enfiler son pardessus dans l'entrée.

Maman ne se privait pas de lui faire sentir qu'il n'était pas de notre monde. Son élégance avait l'air trop voyante, elle fleurait le rapiéçage. Quand il portait un haut-de-forme irréprochable, maman pointait son pantalon sale. S'il avait un riche gilet de velours, elle notait surtout sa chemise bariolée de taches. Quant à ses poèmes, elle y était totalement hermétique. Leur forme lui paraissait aussi vulgaire que sa condition sociale.

À l'inverse, ses vers me faisaient encore plus d'effet que sa présence. Chaque fois que j'en entendais un, je fermais les yeux en oubliant nos différences. Dans ces instants-là, il était si concentré, si beau que j'en étais désemparée.

Un soir, je l'avais accompagné à l'une de ses représentations au caveau du Chien-Errant, un cabaret d'artistes à Petrograd. L'heure était déjà très avancée quand il était monté sur la minuscule estrade devant une foule goguenarde. Son assurance ne manquait jamais de m'impressionner. Du haut de ses vingt-deux ans, il avait tonné : "Taisez-vous, je vais réciter pour Gorki qui est là et non pour vous." Le brouhaha et le charivari avaient redoublé. Maxime Gorki était resté à sa place, impassible. Maiakovski avait dit un fragment de *La Guerre et l'Univers*, puis deux ou trois poèmes lyriques, avant de quitter l'estrade. Le public s'était déchaîné contre lui. Alors Gorki s'était levé. Le silence s'était fait et, d'une voix lente et ferme, il s'était exclamé : "Il n'y a pas de quoi se moquer ici ! C'est très sérieux. Il y a quelque chose dans tout cela... Oui, il y a quelque chose de grand, même si cela ne touche que la forme... Je vous félicite, jeune homme." Dès le lendemain, les échos de cette consécration s'étaient répandus comme une traînée de poudre, non seulement dans le tout Petrograd littéraire mais jusqu'à Moscou.

Une semaine durant, en guise de bonjour, il m'avait cité les propos de Gorki en le mimant. On aurait dit un enfant. Pourtant, ces encouragements l'avaient incité à redoubler d'efforts.

Je m'inclinais devant sa force de travail. Il se levait tous les jours à cinq heures et demie. Après des ablutions approfondies, il se consacrait à la lecture, de six heures à huit heures. Ensuite il prenait son thé au samovar avant de dévorer tout ce qu'il pouvait dénicher dans la cuisine. De neuf à quatorze heures, il composait sans interruption. Quand je dormais chez lui, je l'observais souvent marcher, il battait du pied en rythme, psalmodiant comme un pope. Une fois le déjeuner expédié, il lisait les informations puis écrivait des articles pour un journal qui le payait soixante-cinq roubles par mois. À dix-huit heures, il sortait et je ne le revoyais pas avant minuit. La plupart du temps, il partait jouer au billard, miser de l'argent aux cartes, ou bien il retrouvait ses amis futuristes au Chien-Errant. À son retour, il me réveillait immanquablement, tourbillonnant comme un torrent. Il disait ne plus savoir où donner de la tête. Ses idées débordaient de partout. Il était aussi captivant que tourmenté et volcanique. J'avais souvent du mal à le suivre. Il savait aussi se montrer attendrissant, et je finis même par lui découvrir un côté timide. Les fois où il gagnait au jeu, il revenait avec des cadeaux, des fleurs ou un bibelot rempli de chocolats.

J'étais si fière de lui et de nous que je commis l'imprudence d'en parler à ma sœur, Lili. Mon désir le plus cher était qu'Ossia, son mari éditeur, aide Volodia à être publié.

Sa première réaction fut de tourner en dérision notre relation. Elle se moqua de moi comme lorsque nous étions enfants : "N'oublie pas d'écrire tes lettres d'amour au crayon..." Comme je ne comprenais pas, elle ajouta : "... pour qu'elles ne durent pas plus longtemps que les sentiments."

Maman lui avait dit le plus grand mal de mon ami. Lili ne se gêna pas pour être désagréable : "Ossip et moi n'avons ni le temps ni l'envie d'écouter le moindre de ses poèmes." Elle ignora Volodia durant de longs mois.

À l'automne 1916, papa tomba malade. La guerre s'enlisait. On rencontrait dans la rue toujours plus de soldats fraîchement estropiés. Tout le monde parlait de la chute prochaine du tsarisme. On disait, d'abord à mi-voix, puis avec le temps d'une voix toujours plus forte, que les soviets allaient prendre le pouvoir. Maman passait son temps à se faire du mauvais sang pour papa, pour moi qui fréquentais Maïakovski et pour la Russie.

Volodia avait eu des mots touchants sur la maladie de papa. Lui qui avait perdu son père tout jeune savait quelles émotions tourmentaient mon esprit. Je lui avais demandé de m'accompagner à la maison quelques jours avant son décès. Maman était restée auprès de papa dans la chambre et, sur mon insistance, Lili et Ossia finirent par accepter que Volodia lise un de ses poèmes, un seul, tout en montrant à quel point ils étaient incommodés.

Vladimir, loin de s'en offusquer, proposa même de reporter sa récitation à un autre jour, compte tenu des circonstances. Ossia, qui s'ennuyait et aurait donné n'importe quoi pour se distraire un peu, saisit l'occasion en prétextant que la poésie était bienvenue dans des moments aussi pesants. Volodia le crut sincère et sortit son carnet pour déclamer *Le Nuage en pantalon*. Du début à la fin du poème, il ne changea pas une seule fois de position. Il ne regardait personne. Il geignait, s'emportait, faisait le pitre, devenait pressant, hystérique, marquait des pauses entre les sections du poème. Puis il s'assit à table et, avec une décontraction très étudiée, demanda du thé à Lili. Elle se précipita vers le samovar pour le servir pendant que je triomphais : "Qu'est-ce que je vous avais dit ?"

Ossia était littéralement subjugué. Il lui arracha des mains le carnet : "Quoi qu'il advienne, et même si vous n'écrivez pas une ligne de plus, vous êtes déjà un grand poète..." En le servant, Lili n'arrêtait pas de répéter : "Voilà ce dont nous rêvions depuis longtemps."

Il ne me fallut pas beaucoup de temps pour m'apercevoir que Volodia était troublé par la beauté de ma sœur. D'ailleurs, quand il demanda à récupérer son carnet, ce fut pour le lui dédicacer : *À Lili Iourievna Brik.* Malgré ses dénégations sur le trajet de retour, j'eus la certitude ce jour-là qu'elle venait de me ravir son cœur.

Lili avait toujours exercé une attirance magique sur les hommes. Pourquoi Volodia y aurait-il échappé ? La providence avait été plus généreuse avec elle. Elle avait un sourire éclatant qui mettait en valeur ses yeux sombres en forme d'amandes. Elle était rousse, mais d'un roux foncé, et son teint était éblouissant, comme éclairé de l'intérieur. Le buste léger, les hanches rondes, de longues jambes et de très petites mains : elle n'avait rien à cacher, elle aurait pu se promener toute nue, la moindre parcelle de son corps était adorable. D'ailleurs elle se promenait volontiers nue, depuis sa plus tendre enfance, elle n'avait jamais eu aucune pudeur. Quand elle allait au bal, j'adorais la regarder s'habiller, passer des dessous fins, attacher ses bas de soie, mettre des petits souliers lamés et sa robe mauve au décolleté carré. J'en étais muette d'admiration et je disais souvent à maman que la nature avait été injuste entre elle et moi.

Les mois qui suivirent, je n'eus que peu de nouvelles de Volodia. Intimement convaincue qu'il fallait respecter la vie privée d'autrui, je m'interdisais non seulement de poser des questions mais aussi de montrer que j'avais remarqué ses nouvelles relations avec ma sœur.

Je sus par maman que Volodia avait loué une chambre meublée à Petrograd, au Palais-Royal, près de la perspective Nevski, dans un hôtel à côté de chez Lili et Ossip, rue Joukovski.

Polina Iourievna, la mère d'Ossip, était venue à la maison raconter à maman cette anecdote : lors de l'une de ses visites à l'improviste aux jeunes époux, un poète appelé Maïakovski, présent chez eux, s'était conduit comme un sauvage. Elle avait apporté une grande corbeille de chez Elisseïev, des confiseries, des fruits, un gros melon, du caviar ; Volodia avait ouvert la boîte sans attendre, et après avoir trempé à plusieurs reprises son doigt à l'intérieur en engloutissant tout il s'était exclamé : "Mon Dieu, ça s'est du caviar."

Maman n'avait rien montré de son accablement. Elle avait immédiatement mené une discrète enquête. Le jour où elle eut la preuve que Lili et Volodia se retrouvaient régulièrement chez lui ou dans quelque maison de rendez-vous, elle n'avait pas fermé l'œil de la nuit et s'était sentie très mal.

Lorsque, n'y tenant plus, elle me révéla toute l'histoire, ce ne fut même pas pour me faire de la peine mais parce qu'elle était sincèrement estomaquée : "Te rends-tu compte, je ne sais même plus comment je dois me conduire devant mon gendre !"

Je croisai Volodia par hasard, quelques mois plus tard, chez ma sœur et Ossia. Il y avait là aussi Boris Pasternak, avec lequel Maïakovski était très ami. Malgré les louanges de Gorki, aucun éditeur à Petrograd ni à Moscou ne jugeait les textes de Volodia dignes d'intérêt.

Mon souhait initial s'était pourtant concrétisé. Ossia avait décidé de faire éditer à ses frais *Le Nuage en pantalon*. Il ne jurait plus que par Vladimir : cette rencontre avait transformé sa façon de penser. Il m'avisa que Lili lui avait avoué sa relation avec Volodia, lui promettant qu'elle le quitterait immédiatement si cela le contrariait et qu'elle ne l'aurait de toute façon jamais autant aimé si elle n'avait pas vu à quel point il l'admirait aussi.

Ossia avait fait tirer mille exemplaires du texte. Plusieurs mots avaient été censurés et remplacés par des points de suspension. Je dus assister à cette scène désagréable où Lili, qui connaissait le texte par cœur, ajoutait à la main, folle de joie, les phrases ou les adjectifs qui avaient été retirés. Jamais je n'avais ressenti au fond de moi une telle colère contre elle. C'était le monde à l'envers. Volodia ne cessait de la dévorer des yeux comme s'il s'agissait de sa promise. Ne voulant pas m'abaisser à paraître jalouse, je restai délibérément en retrait. Mais quand Volodia me demanda mon avis, je ne parvins plus à me contenir : "J'aime beaucoup la couverture jaune vif, la typographie, mais pas *À toi, Lili*, la dédicace." Malgré cela, quelques jours plus tard, je m'empressai pourtant d'apporter mon exemplaire chez le meilleur relieur, de choisir le cuir le plus cher, des lettres dorées et une page de garde qui scintillait d'une blancheur moirée.

Une chose me choquait profondément : ma sœur avait entrepris de façonner Volodia à sa main. Elle lui avait fait couper ses longs cheveux et avait demandé à Dobry, notre dentiste familial, de lui refaire toute la mâchoire. Elle avait fini par le rhabiller de pied en cap : il portait à présent des casquettes en laine, des cravates, des manteaux en ulster.

Je songeais avec tendresse à sa bouche aux dents gâtées, cette bouche tellement liée à son personnage poétique. Lili voulait à tout prix gommer les différences entre notre monde et le sien. Elles me sautèrent aux yeux à ce moment-là. Nous avions reçu la plus haute éducation à Moscou, lui avait grandi à la campagne. Nous avions fait des études d'excellence, connaissions tout de la littérature russe et européenne, quand sa culture était rudimentaire, désordonnée, et qu'il avait de grandes difficultés en orthographe. Nous avions voyagé dans toute l'Europe depuis notre plus jeune âge, Lili parlait huit langues, lui n'était jamais allé à l'étranger et, à part, le russe, ne maîtrisait que le géorgien.

Je savais que ma sœur, avec sa conception de l'amour libre, ne manquerait pas de le faire souffrir. Personne n'était plus douée qu'elle pour mener les hommes à leur propre perte. La première alerte ne se fit pas attendre. Quelques jours plus tard, je reçus de Volodia un billet qui m'inquiéta :

"Elsa,

J'ai appris pour la liaison de Lili avec Lev Grinkroug.

Viens vite ! Excuse-moi de ne pas t'avoir écrit ni donné de nouvelles. Ça ne compte pas. Je crois qu'en ce moment tu es l'unique personne au monde à qui je pense avec tendresse.

Je t'embrasse très très fort.

Volodia

PS : Mes nerfs mènent la sarabande, et déjà leur manquent les jambes.

Viens *immédiatement*. Je t'en prie."

Effrayée par ce mot en italique, je courus jusqu'à sa chambre d'hôtel. Sur le chemin, je me souvenais que ses émotions étaient très capricieuses quand nous étions ensemble. Ses colères éclataient comme les bourrasques d'été qui arrivent de nulle part et s'arrêtaient tout aussi soudainement qu'elles avaient commencé. Un jour, il se réveillait euphorique, en découvrant une métaphore originale griffonnée pendant la nuit ; le lendemain, il était tellement abattu qu'on avait du mal à le tirer du lit. Il était parfois saisi de panique parce qu'il faisait plus froid dans l'appartement que dehors, puis devenait inconsolable parce que les longs rideaux dont nous avions drapé les fenêtres pour bloquer les courants d'air le privaient de ses quelques précieuses heures de soleil.

Une fois arrivée sur place, je trouvai sur la table une bouteille de vin et deux verres. Il était vêtu d'un pantalon noir et d'une chemise blanche avec une cravate. Je n'eus pas le temps de prononcer un mot qu'il sortit un revolver d'un tiroir et là, juste sous mes yeux, comme si chacun de ses gestes méticuleux était une punition qu'il s'infligeait, il chargea une unique balle, referma le barillet, le fit tourner puis, en me fixant d'un regard possédé, pressa le canon du revolver contre son cœur et appuya sur la détente. Je cessai de respirer quand j'entendis le percuteur heurter une chambre vide et il me fallut un long moment avant de réaliser qu'il n'y avait pas eu de détonation, qu'aucune balle n'avait transpercé sa chemise blanche pour lui prendre la vie. Tandis que je suffoquais, lui était visiblement stupéfait du risque qu'il venait de prendre, visiblement grisé par une sorte d'hébétude euphorique.

Il fixa soudain mon visage inondé de larmes et lança, sans que je sache vraiment s'il s'adressait à moi ou soliloquait à voix haute : “Se donner la mort, voilà pour l'homme une grande preuve de son immortalité.” »

13

Pour beaucoup de Russes, mon père est une légende, un poète audacieux et insatiable.

Pour moi, il est un destin brisé, un mystère, une énigme.

À l'hiver 1988, un an après la mort de maman, qui a coïncidé avec la proclamation de la glasnost, je me suis rendu pour la première fois en URSS. C'était un séjour de trois mois sur les traces de mon père. Vu de France, j'avais le sentiment qu'avec Gorbatchev le pays s'ouvrait à l'Occident et qu'avec lui j'allais peut-être pouvoir me réconcilier avec mes origines paternelles.

J'ai vite déchanté. Personne ne m'attendait là-bas. Lili Brik était morte dix ans plus tôt, enterrée comme mes tantes Olga et Ludmila.

Je logeais passage de la Loubianka, à côté du musée Maïakovski, installé dans l'immeuble où mon père avait vécu les dernières années de sa vie. Le temps était glacial. La neige avait transformé la ville en un vaste échiquier. Noir et blanc. Le début de mon voyage fut solitaire, éthéré. Ne sachant pas comment m'y prendre, je visitais machinalement les lieux de mémoire qui lui étaient consacrés : la place Maïakovski, où une statue en bronze canonisait mon père en complet-veston, poings fermés et visage déterminé ; la station de métro à son nom, avec ses fines colonnes et son plafond azur décoré d'avions ; le musée Pouchkine, logé dans son ancienne datcha, dans un village à quelques minutes de la capitale.

Je fréquentais les bibliothèques et les archives, quelques restaurants et un café où les serveurs s'habituaient peu à peu à ma présence solitaire. Je feuilletais les livres de mon père et me promenais dans la pâle lumière de l'hiver.

Je commençais à me demander ce que je fichais là quand l'envie me prit d'aller me recueillir sur sa tombe au cimetière Novodevichy.

C'était un matin de décembre. Il y avait une brume glaciale. Une épaisse couche de neige fraîche recouvrait les tombes. À l'intérieur, le silence régnait. Seule une rumeur sourde, par-dessus les hauts murs, venait de la ville. Un instant, une silhouette noire passa entre les tombes lointaines. Arrivé devant celle de mon père, je la trouvai – comme tous les autres monuments qui lui étaient consacrés ici – impersonnelle, froide, démesurée. Lui qui avait glorifié toute sa vie la vitesse et le mouvement, voilà que le parti communiste avait réussi l'exploit de le figer pour l'éternité.

J'allais en rester là quand mon regard s'attarda sur l'inscription au pied de la stèle: *Vladimir Vladimirovitch Maïakovski. 1893-1930.* Trente-sept ans. Trop jeune pour mourir. La tristesse monta en moi: pas celle qui saisit le fils au souvenir d'un père, mais le mouvement d'âme qu'un homme de soixante ans ressent devant une vie brutalement arrêtée.

Je suis né le 12 avril 1929. Mon père est mort le 14 avril 1930 d'une balle dans le cœur.

Désormais, il vit dans ma bibliothèque. Parmi tous ses ouvrages, le plus précieux: ses carnets personnels. Partout épuisés, seuls deux derniers exemplaires étaient conservés, l'un dans le musée Maïakovski passage de la Loubianski, l'autre dans le rayon poésie de la bibliothèque centrale de Moscou. J'ai emprunté ce dernier sous un faux nom le matin de mon départ pour Paris. J'ai décollé minutieusement la fiche de propriété et enveloppé délicatement la couverture avec du papier journal pour tromper l'attention à l'aéroport. Je n'avais jamais rien volé de ma vie. Mon cœur battait: j'éprouvais une joie intense, celle d'arracher enfin une part d'intimité à mon père.

Encore aujourd'hui, je me pose ces questions en lisant ces carnets: quelle part de lui-même cherchait-il à montrer dans son journal? Quels silences m'échappent encore dans ses mots?

[Carnets inédits de Vladimir
Maïakovski, 1917-1918]

14

26 janvier 1917

« Tout, désormais, se fait à trois. Le petit-déjeuner, le déjeuner, les jeux puis le dîner et les derniers verres du soir. Nous avons chacun notre chambre. Il y a toujours trois plateaux, trois séries de cartes, trois livres abandonnés sur la table. Quand je lui ai expliqué la situation, maman n'a rien dit mais j'ai bien vu qu'elle était triste. "À vingt-quatre ans, tu devrais épouser une jeune femme comme il faut et avoir des enfants", m'a-t-elle lancé au moment où je la quittais. Quand j'ai répété cette formule à Lili et Ossia, ils ont été pris d'un fou rire.

5 février

Pasternak semblait émerveillé. Il n'arrêtait pas de manger des blinis au beurre tout en s'exclamant qu'ici, rue Joukovski, c'était la vie de bohème : table ouverte à longueur de journée avec saucisse, pain, fromage et thé dans le samovar à volonté. J'allais démentir, mais Bourliouk, Asseïev et Kamensky ont choisi ce moment pour arriver. Au dîner, tout était fantastiquement varié, il y avait vingt sortes de hors-d'œuvre, dont des choses aussi exotiques que du chou-fleur mariné, du potiron et de la betterave.

6 février 1917

Au petit-déjeuner, du sirop de sucre importé de Londres enrobe ma cuillère de ses torsades dorées et luisantes. Lili : "Comment fais-tu pour fumer des Mosselprom à peine sorti du lit ?"

9 février

Reçu ce matin à l'attention de Lili, en provenance du magasin russe de l'avenue Nevski : cake aux fruits, sels volatils, cartes à jouer, jeux de patience, vestons de sport en flanelle à rayures, balles de tennis d'un blanc de talc.

12 février

J'ai fini cette nuit mon long poème sur l'amour malheureux que je voulais dédier à Lili. Je lui en ai lu quelques vers à midi, en profitant de ce qu'Ossia se soit absenté. Lilia s'est mise à hurler : "L'amour, toujours l'amour, je n'en peux plus." J'ai tiré le manuscrit de ma poche, je l'ai déchiré et jeté au vent par la fenêtre.

15 février

J'ai déjeuné hier chez Ludmila et Vassili. Ils étaient surpris que je rapporte autant de fruits et de légumes : on n'en trouve nulle part. Visiblement énervé, Vassili m'a lancé à la fin du repas : "La plupart des poèmes sont comme des allumettes qu'on gratte, ils nous éclairent pendant quelques secondes, cela fait une jolie flamme, mais à la fin il ne nous reste plus qu'un bout de bois calciné entre les doigts."

20 février

De nombreux artistes viennent d'apprendre pour la première fois qu'en dehors de la peinture à l'huile et des prix des tableaux il existe aussi des problèmes politiques. Bourliouk dit que les nouvelles du front ne sont pas bonnes : les déserteurs se comptent en centaines de milliers. Sans parler de l'inflation et des pénuries alimentaires qui s'abattent notamment sur les villes. Et par-dessus le marché, le tsar continue de faire la sourde oreille.

24 février

Ô grandiose hérésie des socialistes ! Nous touchons enfin la Révolution du poing ! Ce qui se passe est une pure merveille ! Ce matin, je suis sorti me mêler à la foule : sentiment qu'on venait de retourner comme de simples boîtes maisons, bureaux, ateliers, pour en déverser le contenu dans les avenues. L'air vibrait sous des mots d'ordre qui prospéraient à travers les rues : “À bas la guerre” ; “Les usines aux ouvriers” ; “Pleins pouvoirs aux soviets”. Dans les squares, des tribunes improvisées sur lesquelles des orateurs défilaient dans une bruyante frénésie. Quelques-uns m’ont reconnu. “C’est Maïakovski, le poète futuriste.” On m’a hissé sur l’estrade, j’ai improvisé un poème baptisé *Révolution* sous les vivats.

2 mars 1917

Les manifestations se succèdent, bannières en tête. Partout des acclamations enthousiastes interrompues çà et là par de brusques échauffourées et quelques coups de feu. Ce soir, Ossia est rentré tard. Il s’est rendu par curiosité à la gare de Finlande, où une foule en liesse assistait au retour de Lénine. Il a eu cette drôle de formule : “Il a l’air fou, mais tellement convaincant.”

8 mars

Toute la journée, des femmes ont défilé pour réclamer du pain et la paix. Le tsar a ordonné qu’on leur tire dessus. Les troupes ont refusé. Les troubles ont redoublé et ont maintenant gagné Moscou.

15 mars

Nicolas II a abdiqué. Avec le calme qui caractérise les événements grandioses, en moins d’une semaine cet immense pays a abandonné l’ordre ancien aux oubliettes du passé pour se tourner vers l’avenir. Aujourd’hui s'écroule l'antan millénaire ! Aujourd'hui, jusqu'au dernier bouton de vêtement, nous renouvellerons la vie...

16 mars

Bourliouk m'attendait sous la pluie au pied de l'immeuble, dès sept heures du matin. À sept heures quinze, n'y tenant plus, il a tambouriné à la porte. Ossip et Lili étaient furieux. Il hurlait : "Nous venons de triompher ! Les futuristes au pouvoir ! Arrêtons la guerre ! Tendons la main aux artistes allemands..."

19 mars

Gorki est passé à l'appartement. Il avait avec lui une bouteille de vodka Choustov & Fils dans un bel emballage. Lili l'a rangée dans la cuisine et a feint d'oublier de l'ouvrir avant son départ. Elle nous a fait une scène une fois Gorki parti : elle ne supporte pas sa timidité chichiteuse, qu'elle trouve feinte ; pas plus que sa manière de boire du thé, appuyé au bord de la table ; encore moins sa façon de la regarder à la dérobée. "Volodia, rends-toi à l'évidence. Il ne t'a jamais pardonné de ne pas être resté sous son aile." Sur ce dernier point, elle a raison.

21 mars

La Révolution aime les gens brûlants, les gens qui hurlent, elle ne supporte pas ceux qui bougonnent et babillent, les tièdes. Demain, le puissant espoir de pouvoir écrire sans se soucier de la censure et du pouvoir.

24 mars 1917

Ossip m'a convaincu d'adhérer à l'Union des travailleurs culturels. Il m'a traîné ce matin à l'assemblée générale où on élisait le présidium. Gorki s'est porté candidat au titre de représentant des écrivains. Dans la salle, on murmurait : "C'est le plus connu à l'étranger, tout le monde l'admire..." Mais les anarchistes ne voulaient pas de lui. Le ton est monté : ils l'ont accusé d'être un vendu, en raison de cette commission du gouvernement à laquelle il avait accepté de participer. Les échanges ont dégénéré et on a fini par chercher quelqu'un d'autre. Sans me prévenir, Ossip s'est levé et a hurlé : "Et pourquoi pas Vladimir Vladimirovitch Maïakovski ? Son dernier poème est une ode à la Révolution." Brouhaha et grondements ponctués d'une salve générale d'applaudissements. Voilà comment j'ai été désigné représentant des écrivains ! Gorki s'est levé furieux, il a quitté ostensiblement la salle avant la fin de la séance sans nous saluer.

7 avril

Premier discours à l'Union des travailleurs culturels. "Ma devise, et c'est la nôtre à tous : 'Vive un art indépendant de l'État.' Je ne dis pas non à la politique mais, dans l'art, il n'y a pas de place pour la politique."

14 avril

Lili a appris que Gorki s'épanchait sur moi dans tout Petrograd : j'aurais donné la syphilis à une jeune fille avant de faire pression sur ses parents pour qu'ils se taisent. Je n'ai même pas eu le temps de prononcer un mot qu'elle est partie chez lui furieuse. Importuné par la conversation, il s'est contenté de répondre : "Je ne sais pas, je ne sais pas, je l'ai entendu dire par un camarade de confiance qui le tient d'un médecin de la capitale." Bien sûr, il n'avait le nom ni de cet ami, ni du médecin. Lili est sortie encore plus remontée contre lui. "Si Maïakovski ne vient pas vous donner une correction, c'est uniquement parce que vous êtes vieux et malade."

10 mai

Je me suis remis à écrire. Le poème avance avec une lenteur extrême. Un vers par jour ! L'après-midi, j'ai dessiné pendant qu'Ossia lisait à haute voix du Tchekhov.

24 mai

Nous sommes revenus du jardin zoologique avec un petit setter que Lili a absolument tenu à appeler Chtchen. Ossia était affolé, il fallait voir sa tête !

3 juin

Trouvé un petit mot de Lili accroché à l'ampoule électrique au-dessus du miroir : "Volodia chéri ! Ne pleure pas à cause de moi. Je t'aime terriblement et pour toujours. J'ai des admirateurs mais comparés à toi ce sont tous des idiots et des avortons. Je t'embrasse sur la truffe. Mes nerfs vont beaucoup mieux."

18 juin 1917

J'ai apporté à maman et Olga des colis avec toutes sortes de denrées alimentaires : des harengs, des flocons d'avoine, du thé, du cacao, du chocolat, de la farine, du saindoux, des bonbons. J'y avais aussi ajouté quelques objets pratiques comme des fixe-chaussettes ou des tasses en caoutchouc.

23 juin

Train-train et trivialité de la vie quotidienne. J'ai dit à Lili : "Voilà notre ennemi à tous, le Maître de tout."

3 juillet

Liova, une amie d'Ossip, est passée nous voir avec son fils. Il courait partout et voulait dessiner sur mes notes. Prenant la discussion des adultes sur le fil, il m'a demandé à quoi servaient les poètes. Comment peut-on être utilitariste à douze ans ? J'ai répondu pour lui clouer le bec et impressionner sa mère, qui était jolie : "À capter avec sincérité l'explosion du temps présent."

8 juillet

Nous avons fêté hier avec Ossia et Lili mon anniversaire. Ossip m'a offert une canne qu'il tient de son père, dont le pommeau d'ivoire se dévisse pour révéler une fiole de cognac fermée par un bouchon de liège. Lili, elle, m'a fait cadeau d'une montre à gousset, un modèle à dix-huit rubis, en acier inusable, avec une locomotive estampée sur le fond du boîtier et une chaînette d'argent. Ils m'ont aussi donné une vieille machine à écrire Moskva. Elle est un peu grippée et je dois taper sur les touches avec une telle force que je ressens des picotements dans les doigts chaque fois que je m'en sers.

15 juillet

Ludmila m'a dit hier : "Si la situation te pèse trop, parle-lui-en directement." Aujourd'hui, Lili m'a écouté patiemment avant de répondre qu'elle ne quitterait jamais Ossia. "Je l'aime comme une sœur aime son frère ou une mère son enfant", a-t-elle déclaré. Ai-je un autre choix que de m'accommoder de sa décision ? Elle a ajouté : "Ossia est impuissant mais lui n'a pas le défaut d'être jaloux."

21 juillet

Je viens de découvrir que Zamiatine, grand ami de Gorki, couvre Lili de lettres d'amour depuis deux mois. Elle m'a assuré qu'elles étaient si longues qu'elle n'avait même pas eu l'envie de les lire. Ce matin, j'ai croisé Zamiatine dans la rue, par hasard. J'étais dans tous mes états. Je me suis jeté sur lui en le frappant tellement fort qu'il était couvert de bleus. La milice est arrivée et nous a emmenés au poste.

22 juillet 1917

Après l'épisode Zamiatine, Lili était furieuse. Elle m'a sermonné comme un enfant : "La jalousie est la marque d'un esprit étriqué et petit-bourgeois, totalement inadapté à l'époque moderne que nous vivons." Elle m'a prévenu qu'elle croyait en l'amour libre et qu'elle n'accepterait jamais que j'empiète sur sa liberté érotique.

6 août

Trouvé sur la table ce matin, un bout de papier avec quelques recommandations de lectures. *Que faire ?* de Tchernychevski, avec cette citation : "Un homme peut bien posséder un manteau ou une paire de pantoufles, mais il est absurde de vouloir posséder une femme." Il y avait aussi *Sanine*, le roman de Mikhaïl Artsybachev célébrant l'hédonisme sexuel. Quant à *Pères et fils* de Tourgueniev, j'ai interrompu ma lecture à une réplique de Bazarov affirmant qu'un homme anéanti par un amour malheureux perd son statut d'homme. Foutaises, foutaises, foutaises...

21 août

Lili m'a avoué une nouvelle relation. Il s'agit cette fois de Nikolaï Pounine, le directeur du Musée russe de Petrograd. J'ai attendu sept jours avant de lui en reparler, pour lui dire que la prochaine fois, je préférerais ne rien savoir.

3 septembre

Rien ni personne ne m'ôtera l'idée que l'amour ne peut être qu'exclusif. Maman est toujours demeurée fidèle à papa, y compris après sa mort en faisant le choix de rester veuve. L'amour est l'amour. Un sentiment pur, noble et sincère. Pourquoi vouloir à tout prix le politiser comme le font Ossia et Lili ? C'est aussi absurde que politiser l'art.

4 septembre

Je ne suis pas un saint. Je savoure aussi de mon côté le plaisir d'aventures et de conquêtes sans lendemain. Mais enfin, à la différence de Lili, je mets un point d'honneur à rester discret. Et surtout, j'ai la conviction que si Lili changeait, si elle s'engageait dans le projet d'une vie familiale, je changerais mon comportement et cesserais de fréquenter d'autres femmes. Du moins j'essaierais sincèrement.

12 septembre

Je me suis ouvert à Bourliouk de l'absence d'harmonie sexuelle entre Lili et moi. Au lieu de prendre au sérieux le sujet, il s'en est amusé. "Faire l'amour, c'est comme écrire un poème : on ne sait jamais si le bonheur éprouvé est partagé."

22 septembre 1917

Lili m'aime-t-elle ? M'aime-t-elle vraiment ? Parfois j'ai le sentiment que son amour est universel. J'y joue un rôle, peut-être même un grand rôle, mais si je disparaissais elle retirerait mon souvenir de son cœur comme une pierre d'un torrent tandis que son propre élan amoureux continuerait d'irriguer l'univers.

9 octobre

"Boire comme seul un Russe en est capable." Dans quel livre ai-je lu ça ? Peut-être chez Gogol ?

14 octobre

Dans le tramway ce matin, j'ai donné trois kopecks au chauffeur et je me suis assis à côté d'un vieillard amaigri. Deux femmes sont montées à l'arrêt suivant, vêtues de blouses blanches. L'une racontait qu'elle avait attendu neuf heures d'affilée dans le froid pour obtenir sa dernière ration et que, depuis trois semaines, il n'y avait pas eu de nouvelle distribution dans son quartier. L'autre se plaignait d'engelures aux doigts. Les rues défilaient, cabossées, monotones et vides. Je suis descendu à un arrêt où un cheval agonisait au pied d'un immeuble.

25 octobre

Lénine a pris le pouvoir par la force : la Révolution est confisquée par les bolcheviques. Les voilà déjà tous corrompus par le sale poison du pouvoir.

27 octobre

J'ai cru d'abord à une plaisanterie. J'allais me mettre à rigoler quand j'ai compris à son air qu'il était très sérieux. Ossip compte se présenter sur la liste conduite par Lounatcharski au nom des bolcheviques à la Douma municipale.

4 novembre

Au bout de trois heures de discussion avec Ossia et d'une bouteille de vodka, nous sommes enfin tombés d'accord : le programme culturel des bolcheviques est à mourir. Il est en tout point opposé à ce que nous défendons, nous les futuristes. Ces crétins ne jurent que par les auteurs classiques. Ils prennent les ouvriers pour des imbéciles et croient qu'ils ne comprennent pas la littérature de notre temps. La seule voie juste est de poursuivre infatigablement notre propre ligne culturelle, d'être partout où la culture est menacée et de la défendre farouchement contre toute forme de vandalisme, y compris bolchevique.

11 novembre

Des cris étouffés dans la rue m'ont réveillé. Dehors, la nuit bouillonnait dans une énorme fumée noire pleine d'étincelles. En bas, des ombres s'agitaient. Des agents de la Tcheka arrêtaient un homme au pied de l'immeuble d'en face. Chaque nuit, l'air de Moscou se charge un peu plus de terreur.

19 novembre 1917

Sur l'insistance d'Ossia, je me suis rendu à l'invitation du camarade Lounatcharski pour une réunion entre les artistes et le Parti. Les bureaucrates étaient quinze, nous trois. Seuls Blok et Meyerhold avaient accepté de m'accompagner. Le lendemain, à l'Union des travailleurs culturels, c'était la confusion. "Nous sommes bien forcés d'accueillir le nouveau pouvoir et d'entrer en contact avec lui", ai-je hurlé pour ramener le calme.

24 novembre

Les rumeurs disent qu'Anatoli Lounatcharski, le commissaire du peuple à l'Instruction publique, tire son influence de Nadejda Kroupskaïa, sa plus proche collaboratrice. Pasternak ignorait qui elle était. Il a manqué de tomber de sa chaise quand j'ai répondu comme si de rien n'était : "L'épouse de Lénine." Il s'est exclamé : "Nous voilà tous sous contrôle, et surtout ce pauvre Lounatcharski !"

4 décembre

C'est Lili qui m'a fait la confidence : Ossip a intégré les services de la Tcheka. Quand elle a vu que je m'en inquiétais, elle a tenté de me rassurer en me disant qu'avec sa nouvelle position, il pourrait "rendre des services aux artistes et aux écrivains"...

16 décembre

Bourliouk est convaincu que les Brik ont une mauvaise influence sur moi. Après une tirade déplaisante sur Lili, il s'est acharné sur Ossia. “Il est fuyant et fourbe : il n'y a qu'à voir comment il s'est soustrait au service militaire et à quelle vitesse il s'est rapproché des bolcheviques et de la Tcheka pour ne pas être inquiété.” Bourliouk a conclu avec un sourire méchant : “Si Brik se cassait les deux jambes, il essaierait de prouver par A + B que c'est plus confortable ainsi.”

27 décembre

Tout le pays grelotte. Il faut marcher sans cesse ou faire des mouvements pour ne pas geler sur place. Lili s'est baladée toute la journée dans l'appartement avec ses deux manteaux. Elle dit que ça la réchauffe de rester debout sur un pied.

6 janvier 1918

Elsa est passée, accompagnée de son futur mari, pour nous annoncer son départ pour la France. Elle se plaint de manquer de tout ici. Ses pieds ont été immobilisés trois jours par des engelures, et l'eau en permanence congelée dans son lavabo la rend folle. Son fiancé, André Triolet, est un officier français dont la famille a fait fortune à Limoges, dans la porcelaine. Il est toujours mis avec la plus grande élégance. Qu'Elsa soit éblouie par ce dandy est plausible, qu'elle en soit tombée amoureuse est plus douteux. Je ne donne pas cher de leur idylle.

11 janvier 1918

De retour à l'appartement, j'ai entendu Lili et Ossia dans une chambre. J'ai eu beau gratter à la porte en pleurant et hurler, ils ont fait comme s'ils ne m'entendaient pas. Ludmila avait raison : cette situation ne peut pas durer, il m'est impossible de partager la femme que j'aime.

13 janvier

Rêvé cette nuit que Lili et moi avions des enfants... Les amants n'ont pas d'enfants parce qu'ils n'ont pas d'avenir : ils n'ont que le présent, qui est leur amour. L'amour en lui-même est l'enfance. Les amants sont des enfants. Les enfants n'ont pas d'enfants.

24 janvier

Lounatcharski était très remonté contre la lettre ouverte au pouvoir que je comptais publier dans *La Pravda*. Il l'a fait censurer. J'ai dit à Ossip qu'ici, à Petrograd, révolutionner l'art, c'était peine perdue. Ma décision est prise : je rejoins Bourliouk et Pasternak à Moscou. Là-bas, on respire un air plus libre.

26 janvier

Lili a tenu à m'accompagner jusque sur le quai. Elle m'a longuement embrassé et m'a supplié de lui écrire tous les jours quand le train s'est mis en marche.

Passé la nuit ballotté dans mon wagon, exsangue, gestes et pensées tâtonnants, incapable d'exprimer ce que je porte, désirant à la fois l'ombre pour tenter de regarder en moi et la lumière pour parvenir à écrire, me demandant où je vais et me sentant trop las pour essayer de le découvrir. J'en arrive à comprendre à quel point il est facile d'ouvrir une porte et de choisir le gouffre où tout se résout puisqu'il n'y a plus d'après pour savoir ce qui manque.

3 février

Arrivé à Moscou. Je dors dans une petite chambre au café des Poètes, où nous allons produire, chaque soir, nos spectacles futuristes.

9 février

Je viens de tourner une heure dans le quartier pour savoir où poster ma première lettre pour Lili et Ossip. Moscou est, selon l'expression courante, un fruit juteux, gorgé d'un suc que Bourliouk, Kamensky, Pasternak et moi exprimons ardemment. Lieu de la cueillette principale : essentiellement le café des Poètes. Pour l'instant, ce café est gentil et gai. Plein à craquer. Par terre, de la sciure. Nous autres sur l'estrade. Le public, on l'envoie se faire pendre ailleurs. À minuit, nous partageons la recette. C'est tout. Le futurisme a la cote.

12 février 1918

Je vis comme une romance tzigane : le jour, je me vautre. La nuit, je flatte des oreilles. J'ai lu *L'Homme* à la salle polytechnique. Je vends allègrement mes livres : *Le Nuage en pantalon* : 10 r, *La Flûte* : 5 r, *La Guerre et l'Univers*, mise aux enchères : 140 r. Compte tenu du prix de l'alcool, il ne me reste pas assez pour l'hôtel. Toutes les femmes m'aiment. Tous les hommes me considèrent. Toutes les femmes sont collantes et assommantes. Tous les hommes sont des vauriens.

15 février

Cette nuit, j'ai relu des récits de Tchekhov. Le pauvre, le pauvre ! Quelles expériences malheureuses il a eues avec les femmes. Et comme cela s'est reflété dans ses récits.

23 février

Le type dans le coin me rappelait bien quelqu'un, mais j'avais beau me creuser la tête, je n'arrivais pas à retrouver qui. Il fumait nerveusement. J'ai même cru que c'était quelqu'un de la Tcheka qui nous espionnait. Pour ça, il avait bien une tête de bolchevique. Une fois ma lecture terminée, la salle s'est mise à hurler de joie. L'homme s'est levé, sonné, pâle, déclarant qu'il n'arrivait pas à comprendre comment on pouvait écrire un poème d'une telle force à pareille époque. C'est alors que j'ai compris : c'était Andreï Biely.

24 février

Pasternak est revenu sur l'épisode de la veille : "Tu as lu ce poème d'une profondeur inouïe avec une exaltation sublime que je ne t'avais jamais connue jusqu'alors. Toute l'intelligentsia était là : Balmont, Biely, Ivanov, mais aussi Tsvetaïeva ou Khodassevitch."

8 mars

Je me demande quelle mouche avait bien pu le piquer, Bourliouk était galvanisé par l'ambiance ce soir. Partout dans la salle, des anarchistes, puisqu'ils avaient tenu, juste avant, une réunion politique. Les membres de la Tcheka qui les surveillaient en ont profité pour rester. L'un d'eux prenait des notes quand Bourliouk s'est mis à hurler que le futurisme était le pendant esthétique de l'anarcho-syndicalisme. Les anarchistes ont exulté en tirant des coups de feu en l'air. Demain, tout sera sur le bureau de Lénine.

16 mars

L'ivresse révolutionnaire se dissipe chaque jour davantage. Une anarchiste a échoué de peu à assassiner Lénine. La Terreur rouge vient d'être proclamée par décret.

23 mars

Les journaux non bolcheviques sont maintenant interdits. Désormais, selon Ossip, il n'y a plus que deux camps : blanc ou rouge. Blanc, c'est la mort. Même Gorki s'est rangé derrière les bolcheviques.

4 avril 1918

Cette nuit, les hommes en armes de la Tcheka sont venus fermer le café des Poètes. Ils ont traîné tous les anarchistes dans un fourgon et, munis de crosses, ils ont battu à terre ceux qui résistaient. Ils en voulaient aussi à Bourliouk, que j'ai aidé à fuir par une porte dérobée. Moi, ils m'ont laissé tranquille : Ossia avait dû passer la consigne.

6 avril

Bourliouk est passé très tôt ce matin. Il avait un train à neuf heures, direction la Sibérie. De là-bas, il compte rejoindre le Japon pour partir s'établir à New York. Il avait les larmes aux yeux et répétait sans cesse : "Viens avec moi, Volodia, il n'y a plus à rien à attendre ici. La Russie des bolcheviques sera pire que celle de Nicolas II."

19 avril

Antik, le propriétaire de la compagnie privée de cinéma, qui fréquentait tout le temps le café des Poètes, est venu me trouver. Il était triste de la tournure que prenaient les événements politiques. Il m'a ensuite expliqué qu'il avait été impressionné par ma présence scénique et qu'il aurait aimé que j'écrive un scénario pour tourner un film où je jouerais le premier rôle.

25 avril

Lili et Ossip m'ont enfin rejoint à Moscou. Nous avons retrouvé nos habitudes et notre appartement pour trois.

8 mai

J'ai choisi d'adapter le roman de Jack London *Martin Eden* pour le cinéma. Antik était très enthousiaste. Il a tout de suite suggéré ce titre : *Il n'est pas né pour l'argent.* J'ai proposé à Lili d'être l'actrice principale, elle était aux anges.

Synopsis : Ivan Nov, de condition pauvre, tombe amoureux d'une jeune fille issue de la bourgeoisie. Éconduit, il tente de gagner son amour en commençant à étudier et écrire des poèmes. Il entre dans les cercles futuristes, devient célèbre et aussi très riche. Mais Ivan Nov n'est pas heureux : la fille qu'il aime ne veut toujours pas de lui. Quand elle finit par lui déclarer son amour, il la soupçonne d'être intéressée par son argent et n'en veut plus. Il envisage de se suicider mais change radicalement de vie. Antik m'a demandé si c'était autobiographique. J'ai juste répondu que j'avais encore une incertitude sur la fin.

19 mai

Les bolcheviques ont aboli l'Union des travailleurs culturels pour créer l'IZO, un nouvel organe autour des arts visuels plus à leur main. Ossia m'a supplié une nouvelle fois de lui faire confiance : "Je t'en conjure, c'est de l'intérieur que nous changerons l'avis de Lénine au sujet de l'art nouveau." Il m'a garanti que Malevitch, Machkov, Chagall et Kandinsky avaient adhéré à l'IZO. J'ai cédé en posant une condition : celle de créer un collectif de futuristes au sein de cet organe.

25 mai 1918

Lénine est tombé sur le premier tract du collectif futuriste (grâce à Kroupskaïa ?). J'y tournais en dérision la politique culturelle des bolcheviques et tous les bureaucrates du Parti. Les bolcheviques agissent-ils autrement que les Romanov lorsqu'ils empoignent et traînent au cachot tous ceux qui ne pensent pas comme eux ?

7 juin

Ossia a croisé Kroupskaïa au siège de la Tcheka. Elle lui a raconté que Lénine avait piqué une colère noire contre Lounatcharski en expliquant qu'il en avait assez de sa "mansuétude envers les futuristes". "N'as-tu pas compris que ces communistes voyous feront passer leurs œuvres les plus absurdes pour quelque chose de nouveau et de prolétaire ?" a-t-il vociféré.

15 juin

Lili dit que je gâche mon talent avec mes affiches de propagande pour l'agit-prop. Elle parle de *khaltoura* [travail bâclé] : "Comment peux-tu éprouver du plaisir à cette tâche alimentaire dépourvue de sincérité artistique?”

21 juin

Avec l’argent gagné au poker et aux cartes, j’ai acheté du rosbif chez Elisseïev, des pâtes d’amande chez De Gourmet, trois livres de cerises à l’eau-de-vie, du chocolat chez Kraft et des fleurs chez Eiler. J’avais ciré mes chaussures, enfilé une belle chemise, sans oublier la cravate. À la fin du dîner, Lili m’a embrassé et m’a dit: “Je t’aime beaucoup.” Cette formule m’a mis hors de moi: “Beaucoup? Pas plus? Pourquoi tu ne m’aimes pas?” Elle est restée silencieuse, le visage fermé.

3 juillet

On s’est à nouveau disputés jusqu’à ce que le réveil sonne. Je lui ai dit qu’elle ne me reverrait plus. Mon cœur aspire au revolver. Elle s’est retournée en soupirant, signifiant qu’elle en avait ras le bol de ces histoires.

9 juillet

Lili est partie depuis une semaine pour Riga. Voici la première lettre que nous avons reçue d’elle, Ossia et moi:

“Mes chéris! Mes petites lumières! Mes rayons de soleil! Minets! Petits chiots! Aimez-moi! Ne me trompez pas sinon je vous coupe les pattes! Ossia, méchant matou, tu ne m'écris plus ! Je suis très malheureuse sans toi ! Ouin ! Pas un seul matou dans tout Riga ! Beaucoup de chiots mais pas de matous ! Horrible ! Je vous embrasse tous les deux sur votre petite queue. Quant à toi, Volodia, je t'aime pour toujours. Je vais rentrer, c'est promis ! À mon retour je serai gentille."

12 juillet 1918

Voilà huit mois que j'ai adressé au département de censure du commissariat à l'Instruction publique le manuscrit de ma nouvelle pièce *Mystère bouffe*. Toutes mes relances auprès du Narkompros sont restées sans réponse. Lounatcharski a fini par me donner raison et a ordonné à la Gosizdat, la maison d'édition d'État, d'imprimer le texte à vingt mille exemplaires. Je viens d'apprendre qu'ils ne l'avaient finalement imprimé qu'à deux mille copies et refusaient de me verser mes droits. Je vais les traîner en justice. Quand j'en ai parlé à Ossip, il m'a supplié de ne pas commettre "une telle folie". Lénine ne veut plus entendre parler des futuristes, tu lui donnerais enfin un bon prétexte pour te faire exécuter." »

15

La période qui s'ouvre est celle que je préfère dans la vie de mon père. C'est la plus trouble, celle où il passe soudainement du statut de poète *non grata* à celui de poète adoubé par le pouvoir.

J'ai du mal à faire coïncider les images. À savoir quels ressorts intimes l'ont conduit à renier ses convictions les plus profondes et son attachement à l'indépendance de l'art.

Beaucoup ont fait valoir son narcissisme pathologique, son égotisme, son besoin viscéral de reconnaissance et d'amour ; son désir de populariser, coûte que coûte, sa poésie dans la Russie profonde et ouvrière.

Je vous laisse juges.

Pour ma part, je me surprends à lui trouver des excuses. Sa fragilité, ses fêlures intérieures ont fini par me le rendre attachant.

*

Soir d'hiver 1919 à Moscou. Vingt-trois heures. Volodia dîne dans l'appartement de la rue Poulouektov en compagnie d'Ossia et Lounatcharski. Il porte une redingote sur mesure et une chemise de soie; son pantalon a de fines rayures et un pli tranchant. Il est chaussé de bottines cousues main, tout droit sorties d'un bottier parisien, faites de ce cuir souple généralement assorti à celui des gants.

Posée sur la table où sont attablés les trois hommes, une lampe à pétrole, au support de fer-blanc tout rond, éclaire faiblement le salon. La lune irisée par le gel laisse transparaître son halo blanchâtre à travers les carreaux givrés de la fenêtre. Dehors, les rues de Moscou, capitonnées de neige, sont recouvertes de sang. Les bolcheviques s'activent pour en finir avec les blancs: banquiers, anciennes élites dirigeantes, bourgeois, petits propriétaires terriens... Dans sa volonté de toute-puissance, Lénine s'attaque aussi aux arts et à la culture. À l'occasion d'une séance lunaire du Conseil des commissaires du peuple, il a fulminé de colère à l'encontre de l'*intelligentsia* du pays: «Les intellectuels sont les laquais du capital et de la bourgeoisie. Ils se considèrent comme le cerveau de la nation alors qu'ils en sont simplement la merde. » C'est Lounatcharski, entre deux bouchées de *lepiochki*, qui rapporte cette anecdote sous le sceau de la confidence. Agacé par la reprise en main de sa délégation, il ne se prive pas, ce soir-là, de vider son cœur.

« Mais qui classe-t-il sous cette étiquette d'*intelligentsia* ? le coupe Volodia en tapotant nerveusement sa Mosselprom au-dessus de la soucoupe remplie de mégots qui trône sur la table. Seulement les écrivains et les poètes, ou bien aussi tous les autres artistes ? »

Le front du commissaire du Narkompros se plisse. Du bout des doigts, il réajuste sur son nez la position de ses petites lunettes rondes et réplique dans un long soupir :

« Sans doute ne le sait-il pas lui-même. Si je devais répondre à sa place, ce qui est bien sûr impossible, je dirais : toute figure devenue dérangeante, tout esprit devenu trop libre et indépendant...

— J'ai toujours pensé que Lénine s'y connaissait autant en littérature qu'une grue de la Lena ! » exulte Volodia.

La bouche de Lounatcharski esquisse un léger sourire. Il avale d'un trait son verre de vodka, ce qui délie encore un peu plus sa langue.

« Gardez-le pour vous mais, en matière artistique, ses goûts peuvent être qualifiés de petit-bourgeois : son goût musical se limite aux sonates jouées par

Inès Armand sur son piano ; quant à la peinture, elle se résume pour lui aux modèles classiques... C'est cette pente naturelle qui l'incite à suspecter les mouvements comme le futurisme, qu'il ne comprend pas.

— Et personne pour se révolter contre ce conformisme infamant ? » s'étouffe Volodia.

Le commissaire du peuple à l'Instruction publique prend le temps de choisir ses mots. Il sort son mouchoir en tissu de la poche de son pantalon et se frotte les yeux avec application.

« Vladimir Vladimirovitch, dois-je vous rappeler que si le Parti l'exige, un vrai bolchevique est prêt à croire que le noir est blanc et le blanc noir... Lénine est le Parti et le Parti est Lénine. Voilà tout. »

À la fin du mois de décembre, Volodia reçoit la visite d'un représentant local du Parti dépêché pour lui remettre en main propre un pli officiel. Dans l'enveloppe, une feuille pliée en quatre. La lettre, écrite par le camarade Zinoviev, homme lige du Politburo, sonne comme une tentative d'intimidation : « L'art ne peut être neutre, la littérature ne peut être neutre. Camarade, il n'y a pas le choix. Dites à vos amis futuristes de se ranger du côté de la classe ouvrière. Sinon... »

Sinon quoi ?

Désormais, il sait que ses principaux torts aux yeux de Lénine sont politiques.

À la cérémonie annuelle des vœux du Narkompros, devant son épouse Kroupskaïa, Lénine tance vertement Lounatcharski en le menaçant de le faire fouetter pour délit de futurisme. L'éclat de rire général s'interrompt net quand Vladimir Ilitch hausse le ton et s'exclame avec fureur: « N'est-ce pas une honte de voter la publication à cinq mille exemplaires du *150 000 000* de Maïakovski ? Foutaises, stupidités, idiotie crasse et prétentieuse. À mon avis, les choses de ce genre sont bien seulement pour les bibliothèques et les tordus. »

Lénine ne s'arrête pas là. Les semaines suivantes, il promulgue un décret proclamant le futurisme absurde et pervers, puis interdit à la Gosizdat, la maison d'édition d'État, et aux *Izvestia*, les dépêches d'État, de publier tout texte à caractère futuriste.

Comment ne pas se sentir persécuté ? Volodia enrage. Ses sympathies révolutionnaires l'avaient conduit en prison sous le tsar, et voilà comment le nouveau pouvoir le remercie. Ce qui le blesse le plus, c'est la façon dont le traitent les bureaucrates bolcheviques, les moqueries, les critiques sur le caractère incompréhensible de sa poésie.

La coupe est pleine le jour où la direction de la Gosizdat refuse de lui payer les droits pour sa pièce *Mystère bouffe*. Cette fois, son sang ne fait qu'un tour : il s'étrangle et se rend immédiatement au greffe du tribunal populaire de Moscou, où il dépose une plainte contre la maison d'édition d'État.

La nouvelle se répand dans toute la ville et fait sensation dans le petit monde de l'*intelligentsia* et du Parti : on glose, on tire des conjectures, on suppute, et surtout, on ne donne pas cher de la peau de Maïakovski.

D'autant qu'à présent le pouvoir ne se contente plus d'intimider les artistes, il veut contrôler l'état idéologique de leur âme. Cette censure n'est pas nouvelle : le tsarisme interdisait déjà les livres ; mais les bolcheviques utilisent une méthode bien plus efficace : désormais, ils liquident les écrivains.

Le poète Nikolaï Goumilev en est la première victime. En faisant de son exécution à Petrograd un exemple retentissant, Lénine adresse un message simple à toute l'*intelligentsia* : « Le pouvoir peut se passer de vous. » Tout le monde sait que les preuves sur lesquelles se fonde la condamnation de Goumilev ont été fabriquées de toutes pièces. Le poète n'a jamais caché être monarchiste et antibolchevique. Mais il n'a pas participé à la rédaction de proclamations au contenu contre-révolutionnaire comme il en est accusé.

Deux jours après l'annonce de la mort de Goumilev, *La Pravda* annonce le décès d'Alexandre Blok. Avec lui, le pouvoir s'est révélé plus fourbe et cynique. La version officielle fait état d'une mort naturelle des suites du scorbut. Personne n'est dupe. Sauver Blok aurait été facile pour Lénine. Gorki et l'Union des écrivains russes l'ont supplié, des semaines durant, de lui accorder un visa pour se soigner dans un sanatorium en Finlande. La requête est demeurée lettre morte. Et quand, quelques semaines plus tard, le comité central a réagi, il était déjà trop tard. Il faut dire que Lénine a la rancune tenace. Il n'a jamais digéré le discours qu'a prononcé le poète à l'occasion de l'anniversaire de la mort de Pouchkine à la Maison des écrivains de Petrograd. « Et voici que le poète meurt, parce qu'il ne peut plus respirer ; la vie pour lui a perdu son sens. » Blok n'était déjà plus que l'ombre de lui-même. Grand, maigre, les cheveux blancs, mal habillé, les gestes lents, abîmé par le pressentiment de la vérité. Blok était sincèrement révolutionnaire, au sens poétique du terme, mais il n'avait pas supporté la récupération, par le Parti, de son ode à la Révolution, et encore moins d'être transformé en publicitaire discipliné du pouvoir. Le Parti lui a volé son âme. Aux maux désespérés, les remèdes du désespoir, ou rien du tout. Quand Lili adresse à Volodia un télégramme catastrophé pleurant la disparition de Blok, il lui répond : « Il est mort ? Qui est mort ? Le meilleur de lui-même ne mourra jamais. Ne nous hâtons pas trop de dire d'un poète qu'il est mort. Ses lèvres sont mortes, mais ses paroles vivent dans le cœur des vivants. »

C'est dans cette ambiance lourde et pesante que se déroule l'audience opposant Volodia à la maison d'édition d'État. Dix jours après la mort de Blok.

Le matin du procès, à l'aube, Pasternak fait irruption à bout de souffle chez les Brik, brandissant la une de *La Pravda* : « Assez des Maïakovskeries ». Signe qui ne trompe pas, c'est le camarade Lev Sosnovski, chef de l'Agit-prop, le bureau de propagande du Parti, qui est l'auteur de l'article en première page, et tout le monde sait que quand Lev Sosnovski écrit, c'est Lénine en personne qui dicte. Le sous-titre est encore plus éloquent : « Espérons que ce sera bientôt le tour de Vladimir Maïakovski de se retrouver sur le banc des accusés. »

Réveillé par les éclats de voix, Ossip les rejoint dans le salon. Volodia hausse les épaules et s'amuse :

« Bien sûr que cette sentence peut signifier la mort, mais enfin qu'y a-t-il de plus banal que la mort ? »

La tête déconfite de son ami lui rappelle combien ils sont en tout point opposés. Lui est brusque, impulsif, mais fidèle et loyal. Pasternak est tendre mais souvent lâche : il a reçu l'art en héritage. Fils d'un peintre et d'une grande pianiste, son lait quotidien a toujours été le sublime, habitué qu'il a été à croiser chez lui des génies comme Scriabine, Chopin, Rachmaninov ou Tolstoï, et ce dès son plus jeune âge. Pasternak est l'archétype de l'intellectuel à l'échine docile, sinueux, fuyant, autant européen que russe et certainement plus russe que communiste. À l'inverse, Volodia est sincère comme l'âme russe, ardent et fort comme un révolutionnaire.

Ossia tente à son tour de le raisonner :

« Retire ta plainte dès l'ouverture du procès.

— Jamais je ne me courberai devant le pouvoir !

— Ferme ton âme, Volodia. À l'époque où nous vivons, une âme ouverte est aussi indécente qu'une braguette déboutonnée.

— Hors de question ! Nous ne voulons plus du pain rassis des caresses d'hier. Nous seuls, les futuristes, sommes le visage de notre temps.

— Le Parti écrasera toujours ceux qui lui mordillent les bottes.

— Comment oserai-je me prétendre poète et gazouiller gentiment comme un pinson ? Alors qu'aujourd'hui, il faut s'armer d'un casse-tête pour fendre le crâne du monde ! »

La discussion entre les trois hommes piétine de longues minutes, Volodia s'impatiente : « Chers amis, convenons au moins d'une chose : rien ne serait pire pour moi que d'arriver en retard à mon procès. »

Les laissant à leurs craintes et sans attendre leur réponse, il enfile son manteau, claque la porte, dévale l'escalier, se précipite dans la rue et attrape le premier tramway aux yeux jaunes qui le conduit à travers le froid et le vent vers le tribunal.

[Transcription du procès opposant Vladimir Maïakovski à la Gosizdat, source inconnue]

16

Jeudi 4 octobre 1921

« Audience en comité restreint.
Assis sur le banc : Vatslav Vorovsky, directeur de la Gosizdat ; Igor Zentsov, avocat de la maison d'édition d'État ; Vladimir Maïakovski, poète.

Entrée du juge Goutchkov, ancien ouvrier de l'usine de métallurgie Kirov. Les trois hommes se lèvent. Trois coups de marteau : le magistrat résume brièvement l'affaire qui les occupe aujourd'hui. Rappel de la requête du plaignant Maïakovski : la condamnation de la maison d'édition d'État à lui verser ses droits accompagnés de mille roubles de dommages et intérêts.

Début des auditions par quelques questions techniques à Vorovsky sur les procédures habituelles de versement des droits d'auteur et les délais moyens de publication des textes par la Gosizdat, une fois l'accord du LITO [l'organisme de censure] donné.

Le juge se tourne ensuite vers Maïakovski, et s'enquiert de ses projets et actualités théâtrales : certaines de ses pièces sont-elles actuellement jouées ?

Maïakovski évoque un nouveau recueil de poèmes et parle d'une rediffusion au cinéma de son adaptation du roman de Jack London *Martin Eden*. Rictus sur le visage du président Goutchkov :

"Camarade Maïakovski, Jack London n'est-il pas de nationalité américaine ?

Si ! Mais, rassurez-vous camarade juge, Martin Eden est un socialiste qui dénonce l'esprit bourgeois et le capitalisme qui rongent ce pays..."

Goutchkov confesse que les sujets artistiques lui sont peu familiers, même s'il considère que la poésie est la marque de la nation russe.

Le juge en vient à la question des futuristes. Il rappelle le récent décret du Parti proclamant le futurisme absurde et pervers, et demande au représentant de la Gosizdat :

"Dans ces conditions, camarade Vorovsky, pourquoi la maison d'édition d'État a-t-elle accepté d'imprimer le texte d'un futuriste ?"

Embarras de Vatslav Vorovsky : il concède que, même si la pièce *Mystère bouffe* est l'œuvre d'un futuriste, elle a été considérée par le LITO comme présentant – il précise qu'il cite là les termes exacts de la fiche de l'organisme de censure – une "importance unique en termes de propagande".

Agacé par cette contradiction, le juge prie Vorovsky de lui résumer brièvement cette pièce de théâtre dont il ignore tout. Le directeur de la Gosizdat en détaille les grands thèmes, le Déluge, les Purs et les Impurs, l'Arche menant à la Terre promise, en cherchant l'approbation de Maïakovski du regard avant de conclure que, même si elle est difficilement compréhensible, cette pièce sublime sans aucun doute possible le comportement des prolétaires comparé à celui des bourgeois et magnifie la Révolution.

Goutchkov se déclare perdu :

"Camarade Vorovsky, pardonnez une nouvelle fois mon ignorance, mais, dans ce cas, pourquoi les futuristes ont-ils été déclarés pervers par le Parti ?"

L'avocat de la maison d'édition chuchote quelques mots à l'oreille du représentant de la Gosizdat avant de prendre la parole :

"Camarade juge, il semblerait que le problème porte sur la forme de l'art. Le Parti le juge trop révolutionnaire.

— Trop révolutionnaire ?

— Oui, c'est une forme spéciale de communisme. Du communisme voyou. Les futuristes veulent faire table rase de tout notre passé littéraire. Exit Pouchkine, Tolstoï, Dostoïevski, Tchekhov et tous les emblèmes de notre pays."

Signes d'impatience de Vorovsky, qui s'exclame :

"Le camarade Lénine a dit de leurs textes qu'ils étaient prétentieux, d'une idiotie crasse. C'est pourquoi nous avons considéré a posteriori qu'il était juste de ne pas verser de droits à son auteur."

Le juge marque un long silence, embarrassé par cette remarque associant le nom de Lénine à une décision manifestement illégale. Maïakovski profite de ce flottement pour demander la parole avec un air exalté :

"Camarade président, je m'adresse ici non pas au juge mais à l'honorable ouvrier. Vous et moi sommes pareils. Nous exerçons le même métier. Le travail du poète doit être aussi utile et essentiel que celui du prolétaire. Poète et ouvrier, nous œuvrons conjointement à la construction du communisme.

— N'est-ce pas un peu théorique, tout cela ?

— Chaque artiste se fait ouvrier, dans quelque atelier qu'il travaille : dans l'atelier Poutilov pour fournir des rails ou dans l'atelier intellectuel pour bâtir un art socialiste. Nous sommes des égaux de la masse ouvrière. Prolétaires du corps et de l'esprit."

Maïakovski ajoute sur un ton plus sombre :

"Jusqu'à aujourd'hui, le pouvoir s'est surtout mobilisé pour faire triompher la révolution politique et sociale. Nous, les futuristes, menons âprement ce combat pour la révolution artistique. Nous voulons un art nouveau qui libère la création des préjugés de l'art bourgeois.

— Et comment définissez-vous l'art bourgeois, camarade poète ?

— C'est assez simple. L'art bourgeois, c'est la tradition. L'art bourgeois, c'est l'immobilisme. L'art bourgeois, c'est le conformisme. L'art bourgeois, c'est l'académisme. Ma pièce *Mystère bouffe* veut fusionner nos deux modernités : politique avec le socialisme et artistique avec le futurisme."

Air dépité de Goutchkov qui demande au poète de revenir sur le motif précis de sa plainte contre la Gosizdat.

"Camarade président, comme je vous l'exposais, poète, ouvrier, artisan, nous sommes des semblables. Certains forgent l'acier ou sculptent le bois, d'autres travaillent les mots et les rythmes. Notre activité – qu'elle soit manuelle ou intellectuelle – nécessite application, minutie, rigueur et dévouement pour notre patrie. Je demande que l'État rende la même justice au poète qu'à l'ouvrier. Un poète met le même cœur à l'ouvrage qu'un ouvrier et il mérite, lui aussi, une juste rémunération de son travail par le détenteur du capital, en l'occurrence la Gosizdat. J'ai toujours mis ma plume au service de la minute présente et de son conducteur : le gouvernement bolchevique et le Parti. Je veux faire avancer d'un même pas art et Révolution, en liquidant le passé."

Le magistrat laisse le dernier mot à l'avocat de la maison d'édition d'État.

Prononcé du jugement : la Gosizdat est condamnée à verser ses droits au camarade poète Maïakovski avec une pénalité de cent roubles par jour de retard ; la demande de dommages et intérêts est rejetée.

Exclamations et cris de joie de Maïakovski, qui sort triomphant. »

[Lettre de Vladimir Maïakovski
à David Bourliouk]

17

Moscou, 12 novembre 1921

« Mon cher ami,

La vie s'étrangle au fond de moi.

Le monde change à pas de géants, l'art doit être le pionnier de cette évolution, et ici Lénine nous en prive. Quand va-t-il comprendre que la poésie ne respecte aucune loi ? Qu'elle seule est révolutionnaire ?

Vorovsky m'a fait savoir que la Gosizdat ne se plierait pas au jugement. Quelle infamie. Quant au juge Goutchkov, le bruit court qu'il aurait obtenu une promotion ; sauf qu'à l'heure où je t'écris, personne ne sait où il se trouve.

Je te suis infiniment reconnaissant de ta proposition de m'accueillir à New York. Lili et Ossip sont très inquiets pour moi eux aussi. Mais je suis un poète russe qui veut vivre en Russie. Je me refuse à imaginer une quelconque alternative. Plutôt la mort que la disgrâce ou l'exil.

La semaine dernière, à la fin d'une de mes représentations à Kharkov, un homme avec un air étrange est venu me trouver. Il s'est présenté comme un journaliste des *Izvestia*. Quand il m'a questionné sur l'affaire, je me suis souvenu du conseil d'Ossia et j'ai répondu : "Je n'ai pas souvenir d'un quelconque différend entre la maison d'édition d'État et moi." Il a hoché la tête avec un sourire de satisfaction qui faisait ressortir ses petites dents pointues : "Toute votre œuvre tourne autour du thème de la tragédie. Votre première pièce s'intitulait d'ailleurs *Vladimir Maïakovski, une tragédie*. Faut-il y lire un signe prémonitoire ?"

Notre pays ne cesse de me décevoir ; il n'est plus qu'absurdité.

Dorénavant, je me raccroche à cette unique chose : la bonne poésie sera toujours la bonne poésie.

Volodia »

18

Toutes les choses ont leur mystère et le pouvoir est le mystère de toutes les choses. Un mystère absurde et incompréhensible.

Un mercredi de mars 1922, Lénine rend visite aux ouvriers en grève du chantier naval Baltïïski Zavod de Petrograd. La neige fond ; elle découvre les flèches des grues de déchargement. Les toits dégouttent, les murs fument.

Sur le quai, une foule agglutinée, chaudronniers, charpentiers, menuisiers, soudeurs... Tous réclament une augmentation de leur paye, et autre chose à manger que des légumes secs ou du gruau. Dans un amas de tôles et de morceaux de bois, un feu crépite jusqu'au ciel, queue de comète flamboyante éclaboussant le ciel de fines gouttes d'or.

À mesure que Lénine avance, la foule s'écarte et le silence se fait. Derrière lui, la petite troupe des officiers de la Guépéou (nouveau nom de la Tcheka à cette époque) et une dizaine de soldats de l'armée rouge ; ils marchent vers le hangar censé figurer le point de rendez-vous entre le chef des bolcheviques et les délégués des ouvriers.

La situation est suffisamment préoccupante pour que Vladimir Ilitch ait consenti à se déplacer. Cela fait un mois que l'approvisionnement de Petrograd en aliments et denrées élémentaires est bloqué. Il porte un costume sombre et une cravate noire. À son passage, quelques murmures. Ici et là on s'étonne de le trouver changé par rapport aux portraits dont on a l'habitude. Il paraît amaigri, les traits tirés, le regard vide, ailleurs.

Personne ne le sait encore, mais Lénine est malade. Le secret est bien gardé. Ses médecins lui ont diagnostiqué une maladie cérébrale qui dégénère : aux trous de mémoire de plus en plus fréquents s'ajoutent une élocution laborieuse et un début de paralysie de la joue gauche. Au sein du Conseil des commissaires du peuple, Staline le répète à qui veut l'entendre : le chef n'a plus sa tête. La preuve, après le refus de Lounatcharski, Lénine lui aurait demandé une liste d'intellectuels, écrivains et professeurs soupçonnés de sympathies contre-révolutionnaires pour les expulser de Russie. « Arrêtez-en plusieurs centaines, et sans fournir la moindre explication, dehors ! »

Dans le hangar, Lénine ne sent plus sa jambe droite. C'est la première fois qu'elle est paralysée à ce point, comme si un liquide glacé s'était solidifié de l'intérieur, figeant sa chair et ses nerfs. Assis sur une table rectangulaire ornée d'une nappe rouge spécialement dressée pour l'occasion, il fait face aux huit représentants des ouvriers. Il prononce de brefs propos vantant les mérites de sa Nouvelle politique économique tout en exhortant les ouvriers à en attendre les premiers effets. Loin de les convaincre, ses paroles attisent les tensions. Les discussions s'éternisent. Négocier l'excède. Perdant patience, Lénine tapote la carafe avec son crayon pour faire taire ses interlocuteurs. Il fulmine :

« Voulez-vous que la pourriture bourgeoise revienne aux commandes ? »

À ces mots, le président de l'Union syndicale du port, Pavel Dementiev, le plus âgé des ouvriers, un grutier d'habitude pourtant calme, se trémousse sur sa chaise :

« Camarade Lénine, malgré la Révolution nous vivons toujours dans la misère. Nos femmes et nos petits ne mangent pas le soir. Nous ne croyons plus aux miracles. »

Lénine se tasse sur sa chaise. Son visage s'assombrit. Il prend à cet instant un air plus sincère, donnant le sentiment de partager le sort de ses interlocuteurs :

« Camarades, moi aussi, parfois je me demande s'il n'était pas stupide de croire qu'on pouvait d'un coup changer le monde, mettre les ouvriers à la place des patrons, partager l'argent comme on partage une pomme. Mais maintenant, les capitalistes nous regardent. Nous devons avoir assez de sang dans les veines pour aller jusqu'au bout. »

Dementiev, touché par cet aveu de doute, signe de confiance, poursuit sur un ton plus amène :

« Camarade Lénine, puisque vous nous y incitez, je vais vous dire la vérité. Plus que nos payes de misère, ce sont les tracasseries bureaucratiques qui nous minent. Pourquoi des cadres du Parti, qui n'entendent rien au fonctionnement d'usines et d'ateliers, dirigent-ils nos chantiers ? Récemment, le poète Maïakovski est venu nous lire un de ses poèmes, *Réunion en morceaux*, qui dénonce toute cette bureaucratisation. Inutile de vous dire qu'ici, sa prestation a provoqué des hourras. »

Voyant que Lénine en ignore le contenu, Dementiev entreprend de lui faire la lecture du poème. Aux derniers vers, *Qu'il y ait encore au moins une réunion portant sur l'éradication de toutes les réunions !*, Lénine réagit, visiblement enthousiasmé :

« Voilà longtemps que je n'avais pas éprouvé pareille satisfaction ! Sur la qualité poétique, je ne me prononcerai pas, mais sur le plan politique je vous rejoins, tous ces communistes qui passent leurs journées à se réunir sont ridicules à mes yeux. C'est le camarade Staline qui a lancé cette mode risible. Ma première décision aujourd'hui sera donc de réhabiliter la poésie du camarade Maïakovski ! »

L'après-midi même, Lénine ordonne aux *Izvestia* de publier le poème de Maïakovski. Tout Moscou bruisse de cette nouvelle. Les louanges se répandent comme une traînée de poudre dans le milieu littéraire, au point d'éclipser la publication de *La Confession de Stravoguine*, un manuscrit de Dostoievski qu'on vient de retrouver.

Volodia reçoit parfaitement le message.

Galvanisé par ces éloges inattendus et flatté d'être enfin reconnu par les huiles de la Révolution, il se met à composer frénétiquement pour les *Izvestia* d'autres poèmes de la même eau.

Les mois suivants, encouragé par les louanges dont le couvre le pouvoir, il simplifie à l'extrême la forme et le contenu de son art, produisant quantité de poèmes politiques de circonstance. Il veut faire de la poésie pédagogique. Être compris et entendu par le plus grand nombre. Un jour, il vante la nouvelle aviation du pays. Le lendemain, il écrit un poème au vitriol contre la France et sa politique antibolchevique. Le surlendemain, il affirme qu'il se sent comme une usine soviétique à laquelle la Commission du plan vient d'assigner sa tâche annuelle.

Tous ses amis ne voient pas d'un bon œil son adoubement par le pouvoir. Un soir de mars 1923, Volodia déjeune au café *Le Dôme*, rue Tsverkaïa, avec Ossia, Asseïev, Meyerhold, Pasternak et Rodtchenko. Les six compères célèbrent avec ostentation le lancement de la revue *LEF*, *Front de gauche des arts*, dont Volodia est le rédacteur en chef. Son nouveau credo : l'art doit pénétrer dans la vie quotidienne des gens ou disparaître. La fin du repas approche. Sur la table scintillent verres vides et fonds de coupes mordorés de cognac de Géorgie ; quelques couverts traînent encore sur la nappe et personne n'a goûté au gâteau, qui semble assez bourratif.

Intrigué par l'attitude tendue et l'air crispé de Pasternak depuis le début de repas, Meyerhold l'interroge :

« Tu es muet aujourd'hui, Boris ? Qu'est-ce qui ne va pas ? »

Comme s'il avait attendu cette question tout le repas, Pasternak extirpe un papier de sa poche et le jette dans sa direction : « Voici le dernier poème de notre ami Maïakovski dans l'*Izvestia* du jour qui chante les louanges de Lénine. » Puis, s'adressant directement à Volodia :

« Parle-t-on du même Lénine qui a sciemment laissé Blok mourir à l'issue d'un long supplice ? Je sais que ton chemin est vrai, Volodia, mais comment t'es-tu laissé attirer sous les voûtes de telles masures ?

— De quoi parles-tu, Boris ?

— Est-il possible que tu sois naïf à ce point ? Tu étrangles ton propre chant. Bientôt le pouvoir te couvrira d'honneurs et de prix pour mieux t'avilir. Il ne faut pas être bien malin pour comprendre qu'en te cajolant de la sorte, Lénine cherche à te manipuler et à faire de toi son pantin.

— Mon ambition de mettre ma plume au service du peuple est sincère, Boris.

— J'ai renoncé à croire à la Révolution qui avait suscité tant d'espoir en nous. Quel sens y a-t-il, pour un poète de ton rang, à composer des affiches d'agit-prop incitant les ouvriers à ne pas cracher par terre ? »

Une atmosphère électrique aiguillonne le petit groupe. Meyerhold prend parti pour Pasternak, lequel poursuit sans ménagement :

« Tu ne renies pas ton œuvre, Volodia, tu la ridiculises. En voulant rendre ta poésie accessible à des ouvriers dénués de toute culture poétique, tu la réduis à néant. »

À ces mots, Volodia explose. Il se lève, saisit Pasternak au collet, tandis que les autres s'interposent fébrilement. Il enrage :

« Je n'ai aucune leçon à recevoir de toi : je n'ai jamais mâché mes mots contre le pouvoir. Tu sais d'ailleurs mieux que quiconque que cela a failli me coûter la vie. Souviens-toi que tu as cherché à m'empêcher de porter plainte contre la Gosizdat. Pourquoi ? Parce que tu es un couard. »

Pasternak a maintenant le visage écarlate. Il rend coup pour coup, la voix étranglée de spasmes :

« Ah oui ? Je ne t'ai pas entendu protester contre l'expulsion des cent soixante poètes et écrivains. Pour Gorki et Tsvetaïeva, ton silence ne m'a pas surpris, tellement ton âme est mauvaise. Mais tous les autres ?

Tu ne vaux pas mieux que Trotski et son cynique "humanisme bolchevique". »

Rodchenko et Ossia tirent tant bien que mal Volodia vers la sortie. L'altercation se prolonge dans la rue et finit de brouiller définitivement les deux amis.

Volodia a enfin trouvé sa nouvelle voie, et il ne compte pas en changer : celle de la réponse à la commande politique et sociale. À trente ans, tenu en laisse par le pouvoir, il devient une célébrité dans tout le pays. Toute sa vie, il en a rêvé. Être aimé. Être reconnu de tous. Quel qu'en soit le prix.

[Lettre de laissez-passer,
musée Maïakovski]

19

Petrograd, le 3 novembre 1922
Commissariat du peuple à l'Éducation

Aux camarades représentants plénipotentiaires, représentants du commissariat du peuple aux Affaires étrangères et autres représentants du pouvoir soviétique,

Le célèbre poète Vladimir Vladimirovitch Maïakovski est missionné par le commissariat du peuple à l'Éducation pour réaliser des voyages avec de larges ambitions artistiques et littéraires, en particulier celle de rehausser le statut culturel de la Fédération soviétique socialiste à l'étranger. Les gouvernements russe et alliés, ainsi que toutes les personnes se tenant sur la plateforme soviétique et pouvant être utiles au camarade Maïakovski lors de son voyage, sont priés de lui apporter tout le soutien possible.

A. V. Lounatcharski »

[Mémoires d'Elsa Triolet,
inédit sans titre]

20

« Quand j'ai accueilli Volodia à Paris, il arrivait directement de Berlin. Il marinait dans une humeur noire, sans aucun désir.

Cela devait être en mai 1923, quelques fleurs commençaient à pousser dans la cour de l'hôtel Istria.

J'avais reçu, la veille, une lettre de ma sœur me souhaitant bon courage. Lili l'avait accompagné à Berlin pour la première exposition d'art russe qui se tenait à l'Ouest depuis la Révolution. L'indécrottable Lounatcharski était parvenu à l'organiser à la galerie Van Diemen, où toute l'avant-garde était exposée : Kandinsky et Chagall bien sûr, mais aussi Malevitch, Tatline, Rodchenko. Quant à Volodia, une dizaine de ses affiches RosTA y étaient présentées et le commissariat du peuple l'avait désigné comme ambassadeur de cet événement. Lili l'accompagnait en sa qualité d'agent de la Guépéou, statut qu'elle venait tout juste d'acquérir.

Au moment de monter dans l'avion, Lili avait eu le malheur de lui avouer sa relation naissante avec Krasnochtchokov, le directeur de la Banque industrielle et commerciale du pays. Quelques minutes à peine après le décollage, Volodia lui fit une scène terrible, à tel point que le commandant de bord menaça de faire demi-tour et de lui infliger une amende de dix mille roubles.

À leur arrivée, il s'était montré invivable. Elle avait voulu lui faire découvrir les endroits les plus chics de la capitale, comme le restaurant Horcher, il était resté terré dans sa chambre du Kurfürstenhotel à jouer au poker pour plumer son voisin de chambre, un riche émigrant qui avait extrait de Sibérie de gigantesques quantités de platine. Elle se promena donc seule. Les soirées se consumaient dans les disputes : Lili lui reprochait de ne s'intéresser à rien, d'agir comme un enfant. Volodia finit par prendre la mouche : il voyagerait seul à Paris, c'était décidé.

Pour lui qui n'avait jamais quitté la Russie de toute sa vie, ce premier voyage à l'étranger aurait dû être excitant, au lieu de quoi il arrivait complètement effondré. Il sentait que Lili était en train de lui échapper.

Il se débrouilla tout seul pour venir depuis la gare de l'Est jusqu'à l'hôtel Istria, où je logeais. Une épreuve, sans doute, puisqu'il ne parlait pas un mot de français.

L'immeuble était minuscule, tout en hauteur : une étroite cage d'escalier, cinq paliers sans couloirs, avec, à chaque étage, cinq portes simples dont chacune s'ouvrait sur une petite chambre. Toutes les pièces étaient tapissées de rayures comme des matelas, avec un lit double en fer, une table de nuit, un petit bureau devant la fenêtre, deux chaises, une armoire à miroir, un évier avec de l'eau chaude et, au sol, un petit tapis jaune élimé. La chambre en face de la mienne était libre, il s'y installa. À notre étage dormait aussi Duchamp ; je me souviens que Marcel ne supportait pas que Volodia laisse ses immenses souliers – il chaussait du quarante-six – sur le pas de la porte.

La nouvelle de l'arrivée de Maïakovski en France se répandit comme une traînée de poudre. Nous passions nos journées à la Rotonde, au Select, et je lui servais d'interprète à l'occasion de ses rencontres avec Picasso, Léger, Stravinski ou Braque. Volodia admirait Georges parce qu'il avait été grièvement blessé à la guerre. Il me disait toujours : "C'est de cette trempe que doivent être les artistes : taiseux et courageux comme Braque."

Un jour que nous prenions un thé au Dôme avec Cocteau, deux journalistes du *Matin* et du *Petit Journal* nous interrompirent. Ils avaient parcouru tout Paris pour avoir l'exclusivité de sa première interview en

France. Quand ils lui apprirent que Poincaré le considérait comme un agitateur bolchevique et cherchait à le faire expulser, il rétorqua impassiblement qu'il était venu ici pour parler art et non politique. "La littérature russe est en train de vivre une renaissance, et dans mon pays, la poésie se clame devant d'immenses auditoires", affirma-t-il avec enthousiasme. Pressé par le reporter du *Petit Journal* de donner son opinion sur la littérature française, il déclara spontanément : "Je m'incline devant la grande littérature française, je l'admire et je me tais."

L'autre grande passion de Volodia était de courir les boutiques de luxe. Dès son arrivée, il se précipita dans les grands magasins pour nous faire des cadeaux. À la Samaritaine, il dénicha des chemises et un jeu d'échecs pour Ossia. Faubourg Saint-Honoré, il nous offrit, à Lili et moi, deux superbes fourrures chez Jeanne Lanvin ainsi que des parfums inconnus d'Orient, boulevard Haussmann, à la parfumerie Babani. Il se fit confectionner une quinzaine de chemises sur mesure et trois costumes chez Charvet, place Vendôme, et compléta sa garde-robe par des cravates en laine de chez Old England et des chaussures au talon et à la pointe ferrés de chez J. M. Weston, boulevard Malesherbes.

Un soir, chez Maxim's, je plaisantai sur ce train de vie bourgeois. Un peu gêné, il balaya ma remarque d'un revers de main, prenant quand même le soin de se justifier : "J'ai beau gagner dix fois le salaire moyen d'un russe, je méprise l'argent. Quand je ne perds pas tout au jeu, je dépense le peu qui me reste en tenues pour soigner mon style. Comme Dostoïevski, j'ai foi en la fonction salvatrice de la Beauté. J'aime les belles choses, l'élégance de la mode."

Je gardai de cette soirée une curieuse impression : Volodia était le poète soviétique le plus en vogue, et pourtant, il avait tout d'un dandy occidental...

[Lettre de Vladimir Maïakovski à David Bourliouk, 21 janvier 1924]

21

« Mon cher David,

Comme des milliers de personnes, je me suis pressé à la première heure, ce matin, devant la Maison des syndicats, où le corps de Lénine était exposé.

Je n'arrêtais pas de pleurer. J'avais l'impression de revivre l'enterrement de mon père, la même matinée horrible et brumeuse, avec ce sentiment que le temps est aboli.

J'ai attendu des heures dans un froid glacial au milieu d'une incroyable forêt humaine qui se serrait sur la place Rouge. Tout le monde était là, même Pasternak et Mandelstam. Comment ne pas être à Moscou en une heure pareille pour voir ce cher visage, le visage même de la Russie ?

Malgré l'évidence de la situation, je n'y croyais pas. Je suis retourné neuf fois voir sa dépouille.

J'ai aussi entrepris d'écrire un poème en son honneur. J'y mets en garde le Parti : j'ai peur qu'on le muséifie, qu'on le coule dans le bronze, qu'on lui ôte la vivacité qu'il avait su garder tout en faisant l'histoire. Voici le début : *Ne trafiquez pas avec Lénine ! Pas de moules, pas de portraits sur des affiches, pas de toiles cirées, pas d'assiettes, pas d'étuis à cigarettes. Laissons-le éternellement faire partie des vivants.*

J'ai évoqué avec Lounatcharski mon souhait de me rendre à New York, en restant évasif sur mes intentions. Il m'a répondu que l'idée lui plaisait beaucoup mais que j'aurais bien du mal à fouler le sol de l'Amérique. Devant mon incrédulité, il a tiré de l'un de ses tiroirs une circulaire du département d'État américain interdisant aux ports et aux consulats de me délivrer un visa. Tu le croiras, si tu veux mais j'y suis présenté comme une figure de proue de l'agitation et de la propagande communiste internationale.

D'une façon ou d'un autre, fais-moi confiance, je viendrai.

Volodia »

[Échanges de billets entre Lili Brik
et Vladimir Maïakovski, mai 1924]

22

« Volodia,

Parler m'est trop pénible. Tu m'as promis de ne pas faire de grabuge quand je te l'annoncerais : je ne t'aime plus. Il me semble que tu m'aimes toi aussi beaucoup moins, et que tu ne souffriras pas. Même si je veille sur lui en ce moment, tout cela n'a rien à voir avec Krasnochtchokov.

Lili

Lilia,

Je n'y crois pas, cela te ressemble si peu.

Fais comme tu veux, rien ne pourra jamais changer mon amour pour toi. Je t'aime et je t'aimerai, que tu sois dure avec moi ou aimante, que tu sois mienne ou à un autre. Je t'aime dans tous les cas. Amen.

Sans toi, c'en est fini de moi. Il en a toujours été ainsi, et aujourd'hui encore.

Volodia »

23

Jour de Noël 1924. Moscou.

Assis près de la table rectangulaire de la pièce principale, cigarette vissée sur sa lèvre inférieure, Volodia contemple, apathique, les flocons de neige qui tourbillonnent dans les airs derrière la fenêtre. Sur les vitres légèrement embuées, quelques cristaux se posent, épars, avant de disparaître dans une traîne de buée. Tout se fond dans les nuances de gris, des immeubles de béton aux nouveaux nuages apparus dans le ciel de sa vie. Depuis sa séparation avec Lili, il a emménagé dans cet appartement, passage de la Loubianka, que lui a octroyé le Parti grâce à l'intervention de Lounatcharski.

La pointe usée du gramophone crachote un air de Tchaïkovski. Sur la table traînent quelques livres et un journal encore ouvert. Un encrier, avec ses plumes, est négligemment posé sur des feuilles raturées. La vie qui s'agite dehors lui semble lointaine, presque chimérique. Depuis plusieurs semaines, Volodia ne quitte plus son appartement, se nourrissant méthodiquement lorsque son garde-manger est plein et jeûnant tout aussi méthodiquement lorsqu'il est vide.

Ce soir, sa mère, mais aussi Olga et son nouveau fiancé Igor, Ludmila et Vassili, ainsi que leurs deux filles Tanya et Rozaliya, viennent chez lui fêter le réveillon. Quand Ludmila a appris que son frère avait décliné la traditionnelle invitation des Brik pour les festivités de Noël au motif que Lili y avait aussi convié Krasnochtchokov et sa fille, elle s'est empressée de se lancer dans des préparatifs de fête avec Olga. Les deux sœurs ont ensuite convaincu leur mère de se déplacer jusque chez Volodia, et l'ont mis devant le fait accompli, l'informant seulement de leur heure d'arrivée, dix-huit heures, du nombre de convives, huit, et du menu à base de plats traditionnels : koulibiac en entrée, bœuf stroganov pour plat principal et gâteau Napoléon en dessert.

Il est à peine seize heures lorsque Volodia entend tambouriner à sa porte : il maudit sa sœur Ludmila de débarquer aussi tôt. Il ne prend la peine ni de répondre ni de bouger, et quand un courant d'air glacial envahit la pièce, à sa plus grande surprise, c'est Lounatcharski qui apparaît sur le pas de la porte.

Lounatcharski ôte son chapeau melon, ses gants en velours et son long manteau de laine noir.

Derrière ses petites lunettes rondes, ses yeux perçants interrogent Maïakovski. Il veut connaître les raisons du spleen qui assombrit l'humeur de son ami. Lorsque tombe le nom de Lili, ressassé par le poète, le commissaire du peuple ne peut s'empêcher de l'interrompre en s'écriant avec une pointe d'agacement :

« Vladimir Vladimirovitch, ne le prenez pas mal, mais pourquoi vous mettez-vous dans un tel état pour une femme ? On peut aimer des choses grandioses : la Révolution, le Parti, son pays... Mais une femme ? »

Cette tirade tire Volodia de sa torpeur :

« Ce n'est pas d'une femme dont il est question, Anatoli Vassilievitch, mais d'amour. D'amour dans son entièreté, dans sa forme la plus pure. Comment voulez-vous que je continue à lancer mon chant rauque contre la fadeur grise de la vie quotidienne quand le canot de l'amour se fracasse ? Je vous ai déjà parlé de mon roman préféré, celui de Jack London, *Martin Eden*. Martin Eden et moi sommes faits du même bois ! Il y a fort à parier que nous connaîtrons un jour le même sort. Laissez-moi vous raconter la fin du roman. Quand Ruth, après l'avoir repoussé, revient vers lui une fois qu'il est devenu riche et célèbre, c'est là qu'il comprend qu'il ne l'a sans doute jamais aimée. Celle qu'il avait aimée était une Ruth idéalisée, un être éthéré qu'il avait créé de toutes pièces, en poète, pour illuminer ses vers. La vraie Ruth, la bourgeoise engoncée dans ses préjugés désespérants, dans sa mentalité chichiteuse, il ne l'a jamais aimée. Nous, les poètes, avons ce besoin viscéral d'aimer des êtres idéalisés. Et quand cet idéal de l'amour pur et noble nous quitte, alors à quoi bon continuer à vivre ? »

Alors qu'elle est à peine entamée, Lounatcharski sent que la discussion prend un mauvais tour. Cherchant à faire diversion, il change de sujet :

« Vous avez sans doute raison, mon cher camarade. La seule chose que je peux vous certifier est que toute l'équipe des *Izvestia* se languit de vos poèmes et a hâte que vous nous en adressiez de nouveaux. »

À ces mots, les pensées de Volodia s'embrasent et se mettent à bouillonner comme l'écume d'une mer agitée. Il se penche pour attraper d'un bras le journal resté ouvert à la double page transcrivant les considérations de Trotski, le commissaire du peuple à la Guerre, sur les liens unissant littérature et Révolution.

« L'équipe des *Izvestia*... Les mêmes qui publient sans broncher ces insanités, s'époumone Volodia. C'est dans ce torchon que Trotski se vante de préparer dans votre dos la rédaction d'une résolution sur la politique du Parti dans le domaine de la littérature.

— Depuis la mort de Lénine, chacun y va de sa petite initiative, comme vous pouvez le constater. Il n'y a pourtant pas matière à s'inquiéter, cher Vladimir Vladimirovitch : dès que l'autorité de Staline sera totale et affermie, et j'y travaille activement, Trostki ne sera plus personne...

— Nous voilà retournés trois ans en arrière, quand les bureaucrates du Parti nous crachaient au visage avec la bénédiction de Lénine. Avez-vous lu ce qu'il dit sur les futuristes et en quels termes il parle de ma poésie ? »

Devant le silence du commissaire du peuple, Volodia se met à lire à haute voix les passages les plus cinglants : « "L'appel des futuristes à rompre avec le passé, à se débarrasser de Pouchkine, à liquider la tradition est un non-sens évident quand il est adressé au prolétariat. La classe ouvrière n'a pas et ne peut avoir à rompre avec la tradition littéraire, parce qu'elle ne se trouve aucunement enfermée dans l'étreinte d'une telle tradition. La classe ouvrière ne connaît pas la vieille littérature, elle doit encore se familiariser avec elle, elle doit maîtriser Pouchkine, l'absorber et ainsi le dépasser."

— Sur ce point, il n'a pas complètement tort », risque Lounatcharski.

Cette remarque déchaîne la colère de Volodia, qui se met quasiment à hurler un nouvel extrait :

« "À chaque pas, Maïakovski parle de lui-même. Il a un pied sur le mont Blanc et l'autre sur l'Elbrouz. Sa voix couvre celle du tonnerre. Peut-on s'étonner alors qu'il traite familièrement l'histoire et tutoie la Révolution ? Or, c'est bien là le danger : car, en adoptant, partout et en toute chose, des étalons aussi gigantesques, on fait disparaître les proportions de nos affaires terrestres et on ne peut plus distinguer ce qui est petit de ce qui est grand. C'est pourquoi Maïakovski parle de son amour, c'est-à-dire de ses sentiments les plus intimes, comme s'il s'agissait de la migration des peuples. Mais c'est aussi pourquoi, lorsqu'il s'agit de la Révolution, il est incapable de trouver un autre langage. On ne peut crier plus fort que la guerre ou la Révolution. C'est ce qu'il y a de moins supportable et de plus dangereux dans son œuvre."»

Constatant l'état de nervosité du poète, Lounatcharski songe que le jour est mal choisi pour une visite et prend poliment congé.

Lorsque quelques minutes plus tard toute sa famille pénètre chez lui, Volodia est encore sous le coup de la colère. Il ne salue personne, lèvres et poings serrés, jetant immédiatement un froid dans la petite assemblée. Heureuses d'avoir à s'affairer, les femmes quittent la pièce pour se rendre aux fourneaux, entre deux soupirs exaspérés. Igor ouvre joyeusement une bouteille de cognac arménien, pour réchauffer l'ambiance, tandis que Vassili, agacé de voir que Volodia est traité avec tous les égards, se met, aussi perfide qu'une vipère, à lui raconter *Le Portrait*, de Gogol, sa dernière lecture. Au bout de la table, toujours prostré, Volodia écoute d'une oreille distraite l'histoire de Tchartkov, un jeune peintre romantique ayant consacré sa vie à un art sans compromis avant de vendre son âme au diable pour des pièces d'or. Et lorsque Vassili énonce triomphalement la morale de ce conte faustien, «la création artistique n'est pas sans danger pour l'âme», Volodia n'ignore en rien qu'il cherche à le faire sortir de ses gonds.

Pris de vertige, il se lève d'un bond et se réfugie dans sa chambre glacée sans un regard pour ceux qui l'entourent.

La vie est une couronne trop lourde pour lui.

Lili lui manque terriblement.

À minuit, quand sa mère passe sa tête dans l'embrasure de la porte, Volodia dort aussi profondément que lorsqu'il était enfant.

24

Je venais tout juste de fêter mon soixante-quatrième anniversaire lorsque j'ai rencontré ma demi-sœur Patricia pour la première fois.

Deux ans auparavant, la presse avait eu vent de son voyage privé à Moscou et raconté cette drôle d'histoire : Vladimir Maïakovski, le poète le plus célèbre de l'ère soviétique, avait une fille cachée et, comble de l'ironie, elle était américaine.

Les preuves apportées par Patricia étaient si irréfutables qu'une fois là-bas personne n'avait osé lui interdire d'utiliser son patronyme : Elena Vladimirovna Maïakovskaïa.

Dire que cette nouvelle me surprit est un euphémisme : depuis quarante ans, je faisais des recherches sur mon père, et voilà que j'apprenais, comme n'importe quel quidam, l'existence d'une fille de Maïakovski dans un magazine !

Les mois ont passé avant que je me décide à lui écrire. Je lui expliquai brièvement ma démarche et notre lien de parenté, en joignant au courrier une copie des deux billets que maman avait reçus de notre père commun.

L'année 1992 passa sans nouvelle de sa part. J'adressai deux autres missives à des adresses différentes mais en vain, si bien que j'abandonnai toute idée de faire sa connaissance.

Pourtant, un samedi de mai 1993, de retour d'une visite matinale à l'exposition « Splendeurs de Russie » au Petit-Palais, je trouvai dans ma boîte aux lettres une enveloppe en provenance d'Amérique. C'était Patricia. Elle écrivait simplement qu'elle serait ravie de me rencontrer à New York si j'avais l'occasion de m'y rendre.

Le 3 juillet 1993, j'étais installé, avec quinze minutes d'avance, à la table du restaurant sur President Street, en plein cœur de Brooklyn, que Patricia avait réservée pour nous. L'immeuble en briques rouge clair était typique de ce quartier, d'autant qu'il faisait face à un entrepôt surmonté d'une imposante citerne conique métallique.

Il était treize heures passées quand la silhouette de Patricia est apparue dans l'entrée. Je me suis levé. Silence gêné. J'allais la serrer dans mes bras quand elle me coupa l'herbe sous le pied en me tendant la main à la mode américaine.

Elle ne parlait pas un mot de français. Je la sentais distante, tendue, pour tout dire un peu froide. Elle évoqua néanmoins sans détour son histoire avec un débit très rapide qui me demandait beaucoup de concentration pour ne pas perdre un mot.

Sa mère, Elly, une jeune aristocrate russe émigrée à New York, avait rencontré notre père à l'occasion de son voyage de trois mois en Amérique en 1925. Ils étaient tombés amoureux et elle était le fruit de cette passion soudaine et brutale, qui prit fin en même temps que le séjour américain du poète. Craignant pour leur vie et celle de leur enfant, Elly et Volodia avaient gardé le secret. Trois ans après sa naissance, un miraculeux concours de circonstances les avait amenés à se revoir sur la Côte d'Azur. Prévenu par une connaissance commune, Volodia avait fait le déplacement de Paris à Nice en toute hâte, avec une montagne de cadeaux. Mais une fois sur place, harcelé de télégrammes de Lili Brik qui se doutait de quelque chose, Volodia ne put rester que trois jours. C'est l'unique fois où Patricia avait rencontré notre père. Elle apprit sa mort un an plus tard, quand sa mère lut la terrible nouvelle dans les journaux.

Tant que Lili Brik était en vie, Patricia était restée silencieuse. Mais à présent, elle était libérée.

Son séjour à Moscou n'avait pas eu d'autre but que d'obtenir une reconnaissance officielle par les autorités russes. Sur place, elle avait été plus habile que moi. Le beau-fils de Lili Brik, héritier légal, l'avait même reçue chez lui, une fois rassuré sur le fait qu'elle ne prétendait à rien en termes d'héritage.

Elle me raconta une anecdote qui en disait long. Le jour où elle rencontra l'héritier Brik, elle vit un magnifique autoportrait de notre père dans son salon. Elle lui fit habilement comprendre que c'était la seule chose qu'elle souhaiterait rapporter à New York. Celui-ci hocha la tête, poussa un léger grognement, disparut quelques instants et revint avec un bout de tissu qui avait appartenu à Maïakovski. Il le lui offrit comme s'il venait de se couper une jambe.

La visite avait été une réussite. Tout le monde s'était montré prévenant. Tout s'était bien passé, oui, mais Patricia était repartie sans qu'aucune reconnaissance légale ne soit prononcée.

À l'aéroport, en tamponnant son passeport américain, les autorités russes avaient enfoncé le clou : elle serait toujours la bienvenue mais, comme toute étrangère, avec un visa.

25

New York. 21 juin 1925. Il est cinq heures trente du matin. Volodia a trente-deux ans.

Le trottoir fuyant se relève à angle droit entre deux positions horizontales. Bourliouk se redresse en haletant, s'appuyant à un réverbère de Park Avenue, tandis que Volodia le soutient en vacillant.

« David, David, essaie donc de marcher. »

Bourliouk se remet d'aplomb. Après cette courte halte qui n'est pas la première, les deux noceurs continuent d'avancer alors que les premières lueurs du jour dessinent leurs reflets dorés sur les façades.

Bifurquant par la vingt-troisième rue pour contourner Madison Square Park et rejoindre la cinquième avenue, où est situé l'hôtel de Volodia, ils longent une enfilade de vitrines : épiceries, restaurants, tailleurs, blanchisseries chinoises... Bourliouk s'arrête une nouvelle fois. Titubant, il s'agrippe à la devanture jaune d'un drugstore pour garder l'équilibre :

« Je n'en reviens toujours pas que nous soyons ici tous les deux, dans la ville des villes », hoquète-t-il en parlant trop fort.

Volodia, les yeux perdus dans les couleurs de la vitrine, revoit leurs jours heureux : les séminaires de l'école de peinture, leur tournée futuriste à l'époque du tsar, toute cette jeunesse pleine de liesse révolutionnaire. Son visage s'assombrit. Que reste-t-il de cette époque insouciante ?

« Le pouvoir nous a volé la moitié de notre âme, soupire-t-il. Toi, tu as gardé intacte ta liberté d'artiste mais, en venant vivre à New York, tu as définitivement renoncé à ton pays. Moi, je suis resté russe mais je ne suis plus poète : les bolcheviques m'ont condamné à une vie de fonctionnaire. »

Les idées noires submergent à nouveau son ami, Bourliouk le sent bien. Quelques minutes plus tôt, Volodia lui a fait part d'une terreur qu'il éprouve au plus profond, impossible à partager avec qui que ce soit en Russie.

Bourliouk improvise une boutade, façon de préserver un peu de la légèreté de cette nuit d'ivresse.

« Il existe aujourd'hui trois catégories d'artistes russes. Il y a les artistes russes qui sont morts, exécutés par le pouvoir. Et puis il y a les morts-vivants, parmi lesquels certains sont comme toi, physiquement en vie mais l'âme ôtée par le pouvoir, et d'autres sont comme moi : épanouis, prolifiques, libres, mais morts aux yeux de notre patrie. »

Volodia esquisse un sourire tandis qu'ils arrivent devant son hôtel :

« Monte ! Trinquons une dernière fois à notre existence de morts-vivants… Après tout, quoi de plus artistique qu'une telle vie ? »

Bourliouk tire sa montre à gousset d'une de ses poches. Il doit s'y reprendre à plusieurs reprises pour arriver à fixer les facétieuses aiguilles.

« Dans deux heures, j'ai rendez-vous avec une beauté pour dessiner son portrait. C'est une commande payée une fortune. Je t'abandonne là. Dans trois jours, je te présente Elly : c'est une Russe qui a émigré comme moi. Si tu es gentil avec elle, elle te servira d'interprète. »

Volodia a beau tenter de contenir sa démarche chaloupée en traversant le hall vide, il n'échappe au regard soupçonneux du concierge qu'une fois les portes de l'ascenseur refermées. Il se retrouve seul dans sa chambre. Un dernier verre de bourbon à la main, il fait coulisser le châssis de la fenêtre et se penche au-dehors. Un train aérien disparaît au loin dans un grondement. Il demeure longtemps ainsi, à arpenter la rue des yeux, les pensées vagabondes.

Quelle est la raison profonde de sa venue ici ? Simplement prendre l'air après sa séparation avec Lili ? Se faire son propre avis sur la vie qu'y mène Bourliouk ? Y chercher l'inspiration dans la ville pourtant honnie du communisme ? Et pourquoi se sent-il aussi bien à New York malgré tous les travers criants du capitalisme ?

Une semaine avant son départ pour l'Amérique, Lounatcharski hésitait encore à lui délivrer un laissez-passer. Il s'était montré plus inquisiteur sur les motivations réelles d'un voyage aussi lointain. Staline doutait, lui aussi. « Imaginez, Anatoli Vassilievitch, l'image désastreuse pour l'Union soviétique s'il prenait l'envie à un tel énergumène de déserter chez l'ennemi capitaliste ? »

Volodia s'était habilement défendu, ce voyage était d'une nécessité impérieuse pour son travail poétique. Il voulait se confronter au vivant et à l'inconnu, à leur époque seuls les récits de voyage emportaient les lecteurs, les histoires ennuyeuses inventées de toutes pièces, les métaphores, tout cela était relégué dans les abysses de l'Atlantique.

Le précieux sésame enfin obtenu, il avait retrouvé le train pour Paris, mais cette fois pour pousser jusqu'au Havre et, du Havre, embarquer sur le paquebot *Rochambeau* jusqu'à Mexico.

Il avait écrit à Lili qu'ils avaient « rampé » pendant dix-huit jours, « pareils à des mouches sur un miroir ». « Autant de jours d'eau, c'est bon pour les poissons ou les explorateurs professionnels, mais pour les crabes de terre comme moi, ça commence à bien faire. » Une seule fois, il avait trouvé beau le spectacle de l'océan. Une pluie battante couvrait les vagues d'une écume blanche et hachurait le ciel de lignes translucides, cousant les nuages et l'eau de fils étincelants. Ensuite, un arc-en-ciel se refléta dans les flots, parmi des milliers de spongiaires de la mer des Sargasses et autres poissons volants, et, çà et là, de majestueuses fontaines de baleines. Un instant, il oubliait ce désert aquatique qui s'étendait à perte de vue, lassant jusqu'à la nausée.

À bord, il n'y avait que le poker et l'étude sociologique des passagers pour tromper l'ennui. En première, il avait rencontré des marchands, des pontes de l'art au caractère excentrique, des diplomates, des industriels. Ceux-là se tenaient à l'écart des autres classes et ne leur rendaient visite que pour les jolies filles. En deuxième, il avait croisé de petits commis voyageurs qui démarraient dans le métier et se faufilaient sur les ponts des premières classes en veillant à ne pas être repérés par les bossemans. Ils prenaient la pose, signifiant ainsi: «Je suis comme vous. J'ai le même faux col et les mêmes manchettes.» Mais ils étaient différents, et on leur demandait presque poliment de retourner dans leurs quartiers. Les troisièmes classes servaient à remplir la cale. C'étaient des gens de toutes les Odessa du monde qui cherchaient du travail. Cet univers souterrain empestait le renfermé, la sueur, tout cela mêlé à une odeur pisseuse de grosses bottes et de couches qui sèchent. Les nuits étaient rythmées par le crissement des hamacs et des lits de camp, les hurlements des enfants et les chuchotements de leurs mères essayant de les calmer. C'est là qu'il avait goûté au rythme des guitares et de la musique, qu'il avait assisté à des combats de boxe, à des parties de cartes disputées pour un dollar bien plus trépidantes que celles qui se jouaient pour mille en première classe. Il avait éprouvé ces gestes passionnés et amples, ce mélange des mots et des langues, toute cette vie saisie à pleines dents, ces instants captés qui lui avaient rappelé combien la poésie parvient toujours à se frayer un chemin dans la monotonie des jours. Quand tout le décevait, quand il semblait n'y avoir qu'égoïsme dans le monde, la poésie lui donnait une raison suffisante de vivre.

Une fois au Mexique, il était resté bloqué de longues semaines au poste frontière. Lounatcharski avait dit vrai : une directive du département d'État le signalait bien comme *persona non grata*. Las d'attendre, il s'était résolu à profiter de Veracruz et de ses nuits tropicales. Sur ce bleu outremer, les silhouettes noires des palmiers lui évoquaient des peintres bohèmes aux cheveux longs. Il avait aussi passé du temps à se promener sur la calzada de los Poetas au parc Chapultepec, cette allée entièrement dédiée aux rêveurs solitaires griffonnant sur des feuilles volantes.

Et puis il avait fini par faire ce qu'il savait le mieux : comme au poker, il avait rusé. Il s'était présenté au poste frontière de Laredo en longeant la côte du golfe du Mexique vers le nord et s'y était fait passer, avec quelques tableaux sous le bras, pour un peintre venu exposer ses œuvres dans le pays. Les douaniers américains l'avaient fait attendre de longues heures, le temps de trouver un interprète. Quand celui-ci était arrivé, ils lui avaient demandé si Moscou était bien en Pologne et, après toute une série de questions aussi stupides les unes que les autres, avaient exigé qu'il peigne devant eux. Le résultat avait semblé leur convenir puisqu'ils s'étaient contentés d'une dernière question: «Pourquoi le drapeau mexicain est surnommé "la Pastèque"?»

Médusé, il implora du regard l'interprète qui finit par lui expliquer qu'ils faisaient toujours la même blague quand l'affaire était entendue. Généralement, les Américains méprisaient cette histoire, ajouta-t-il, mais lui y avait vu de la poésie: le détachement d'insurgés qui avait réfléchi au choix des couleurs nationales mexicaines l'avait fait en mangeant une pastèque. Interrompus dans leur réflexion pour changer de campement, ils avaient opté pour un drapeau aux couleurs de ce fruit. Vert, blanc et rouge comme la peau, la chair et le cœur. Il avait ri comme le lui avait conseillé l'interprète et cette histoire de pastèque lui avait ouvert les portes de l'Amérique.

Trois jours après sa virée nocturne avec Bourliouk, Volodia retrouve son ami, chaussé de ses godillots à bout ferré et vêtu de sa canadienne Guiterman Bros achetée au Bloomingdale's de Lexington Avenue.

Ils se rendent ensemble à une soirée organisée en l'honneur du poète au Central Opera House, sur la soixante-septième rue, par les journalistes du magazine communiste *New Masses*.

La veille, le *New York Globe* a titré : « Maïakovski : le *generalissimo* d'une armée de troubadours révolutionnaires ». Un journaliste renseigné par une indiscrétion de l'un des organisateurs l'a alpagué à la sortie de son hôtel. Flairant les ennuis, Volodia a fait profil bas, martelant les mêmes éléments de réponse qu'à Paris : « J'ai depuis longtemps abandonné toute fonction officielle. L'objet de ma venue est de nature purement littéraire. Elle est dépourvue de toute signification politique. »

Il n'a pas fallu longtemps au *New York Times* pour enchaîner :

« Le poète le plus populaire de Russie, Vladimir Maïakovski, dont les poèmes sont imprimés à des millions d'exemplaires, séjourne actuellement à New York. Il est aussi colossal que la Russie soviétique elle-même, taille gigantesque, larges épaules, veste simple, grosse tête taillée ras et larges narines russes. »

Au lieu de se consacrer à son style littéraire et de préciser le contenu de son œuvre, l'article se perdait en anecdotes, comme l'aurait fait un journal russe enquêtant sur une éventuelle maîtresse de Staline.

« Son dernier livre lui a rapporté quelque chose comme dix mille dollars. Maïakovski est aussi l'un des plus gros joueurs de Russie. Il perd aux cartes tout ce qu'il gagne de sa plume et vit de ses gains au jeu. Il aime s'habiller comme un dandy, commande ses vêtements chez les meilleurs tailleurs parisiens, savoure le luxe et le confort tout en les méprisant. »

Bourliouk part d'un grand éclat de rire quand Volodia lui commente en chemin ces articles.

« S'ils savaient que je t'ai retrouvé à New York encore plus pauvre que lorsque je te donnais de l'argent à l'école de peinture ! Comment as-tu réussi à perdre douze mille roubles au poker sur ce maudit paquebot ? En si peu de jours... »

Conscient de profiter une nouvelle fois de la générosité de son ami, Volodia, penaud, se confond en excuses et lui garantit qu'il lui rendra le double de cette somme à son retour à Moscou. Bourliouk l'interrompt d'un ton badin :

« Ici, tous les New-Yorkais ne jurent que par l'histoire du cow-boy Jim.

— Je ne comprends pas, éclaire-moi ?

— Après avoir hérité de deux cent cinquante mille dollars, Diamond Jim loue un train entier de première classe. Il le charge de vin, y invite amis et famille, va jusqu'à New York, fait le tour des cabarets de Broadway, dépense en dollars l'équivalent d'un bon demi-million de roubles en deux jours, avant de repartir vers ses mustangs sans un sou en poche, assis sur le marchepied sale d'un train de marchandises. »

Volodia s'esclaffe à son tour :

« Voilà une bien belle histoire ! Nous entretenons, Diamond Jim et moi, la même relation poétique à l'argent ! »

Tandis que la devanture et les lumières scintillantes du Central Opera House sont en vue, Bourliouk, toujours en joie d'avoir retrouvé son meilleur ami, lui lance avec un air fripon :

« N'oublie pas ! Ce soir, je te présente une jeune Russe prénommée Elly. Brune, mince, plutôt bien faite... Elle a vingt ans, vit séparée de son mari et travaille comme mannequin. »

Dès leur entrée dans le fastueux hall de l'opéra, Volodia est assailli par tout ce que New York compte d'intellectuels de gauche envoûtés par ce soviétique exotique, ce poète-révolutionnaire venu d'un monde mystérieux. Bourliouk lui sert d'interprète et, quand les jeunes communistes commencent à s'enthousiasmer en entonnant des chants révolutionnaires, il s'exclame : « Camarades, camarades, s'il vous plaît, si cette réunion tourne au meeting politique, on va expulser notre ami Maïakovski séance tenante. »

Une fois les lectures publiques des œuvres de Volodia achevées, Bourliouk lui présente la fameuse Elly, avant de se mettre en quête d'un whisky de contrebande lorsque la conversation est engagée.

Comme Elly est sur la réserve, c'est Volodia qui mène la discussion :

« Je suis ravi d'être en présence d'une jeune femme russe, même si "Elly Jones" sonne plutôt anglais.

— Jones est le nom de mon mari. Mon nom de jeune fille est Elisaveta Petrovna Siebert. Ma famille vient du village de Dovlekanovo dans l'Oural.

— Je suis Vladimir Vladimirovi...

— Je sais qui vous êtes. J'ai lu vos poèmes.

— Toutes les jolies filles disent ça... mais quand j'essaie de savoir lesquels, elles disent toujours : "Oh, un poème court, et un long !"

— Je ne connais aucun poème court de vous, à part vos slogans publicitaires. »

Ces mots bluffent Volodia. Prenant son air arrogant, il la défie :

« Et j'imagine que vous aimez mes poèmes, belle jeune femme russe ?

— Les premiers, oui. Ensuite, vous avez vendu votre âme à ces gangsters de bolcheviques. N'oubliez pas que je suis une *Russe blanche*. Mes parents étaient de grands propriétaires terriens, très riches.

— C'est la première fois que je parle à une *Russe blanche*, qui plus est émigrée au pays des capitalistes. Vous êtes mon attraction de la soirée !

— Et moi c'est la première fois que je vois un poète acheté à prix d'or par les bolcheviques ! Je vous rends la politesse. »

Volodia, qui préfère séduire les femmes plutôt que discuter politique avec elles, se met à jouer le pitre. Il se rapproche, lui attrape délicatement le bras et chuchote tout contre son oreille quelques moqueries sur les convives, relevées d'autodérision :

« Ici, les gens doivent me prendre pour un imbécile. Mettez-vous à leur place, Elisaveta Petrovna – cela ne vous dérange pas que je vous appelle par votre patronyme russe ?

— Non, non, cela fait une éternité que l'on ne m'a pas appelée ainsi.

— On leur dit : "On a invité un poète russe, c'est un génie", et moi, j'arrive de but en blanc sans parler un mot d'anglais à part *Giv me pliz som ti*... Les Américains m'écoutent respectueusement, tout en pensant : "Voilà bien les Russes ! Pas un mot de trop... Nous avons affaire à un penseur. Tolstoï."

— J'ignorais que les bolcheviques avaient de l'humour, s'exclame Elly... À moins que ce soit l'humour des poètes ! »

Volodia ignore la remarque et poursuit avec une ombre dans le regard, tout en toisant les premiers couples en train de danser le fox-trot :

« Mais s'ils savaient le russe, je pourrais, sans abîmer leurs plastrons, les clouer de ma langue aux croix de leurs propres bretelles... »

À la fin de la soirée, ils ont tellement ri, et surtout bu, qu'Elly se sent mal. Elle met sa nausée sur le compte du mauvais alcool servi pendant la prohibition et de l'excès de Bathtub Gin, un cocktail à la mode. Elle habite à deux pas du Central Opera House. Volodia la reconduit chez elle en parfait gentleman, bien désolé de prendre brutalement congé dans le brouhaha des camions qui livrent des paquets de journaux fraîchement imprimés.

Dès le lendemain, il se rappelle au bon souvenir d'Elly, les mains pleines de fleurs, de biscuits et de beignets pour le petit-déjeuner. Celle-ci s'en amuse et Volodia sait qu'elle vient de tomber sous son charme. Tandis qu'elle dispose la table, il prépare le thé à la façon russe. Ils s'entendent le mieux du monde, comme un vieux couple. Il lui raconte son émerveillement, la veille, en rentrant chez lui après l'avoir raccompagnée. Les excès de New York le fascinent. Partout cette lumière, mime-t-il avec des grands gestes en forme d'éclats. L'éclairage des vitrines des magasins qui ne ferment jamais, des néons qui font miroiter les immenses affiches colorées, la lumière qui surgit à l'ouverture des portes des théâtres et des salles obscures ; les faisceaux des autos et des *elevators*, le scintillement des panneaux publicitaires... Partout cette consommation à outrance d'électricité. « New York, Broadway, *how do you do*, j'en suis ensorcelé... »

En fin de matinée, Volodia insiste pour qu'Elly l'accompagne jusqu'au pont de Brooklyn. Il en a vu une photo à son arrivée et tient absolument à l'admirer de ses propres yeux. Dehors, au pied de l'immeuble d'Elly, la foule se presse. Des centaines d'autobus en service, d'automobiles alignées sur six à huit files foncent dans les deux sens. Toutes les deux minutes, d'innombrables feux de signalisation urbains passent du vert au rouge et du rouge au vert. L'un des flux de voitures et d'hommes se fige alors pour deux minutes, le temps de laisser passer celui qui surgit perpendiculairement. Elly et Volodia s'engouffrent dans une bouche de métro. Au bout de quelques minutes, les rames aériennes filent le long de l'Hudson, à deux pas de l'eau. Sur la rive opposée, il y a d'autres routes. Des bateaux, grands et petits, fendent les flots. Les ponts, de plus en plus nombreux, enjambent le métro. Les fenêtres des wagons sont maintenant aveuglées par de grands murs : docks maritimes, dépôts de charbon, installations électriques, aciéries, usines pharmaceutiques.

Ils descendent. « C'est vraiment quelque chose ! » s'émerveille le jeune homme en contemplant l'édifice. Plus ils s'approchent, plus Volodia est impressionné par son architecture élancée et légère, par la beauté de cet acier suspendu, l'enchevêtrement des câbles métalliques et des fils de fer pareils à une toile d'araignée. « Les Américains ont de quoi être fiers ! » s'extasie-t-il tandis qu'ils marchent bras dessus bras dessous sur le pont, admirant les rives de l'Hudson.

Un vent frais bat leur visage, entraînant avec lui la rumeur de la ville. Elly porte une robe de laine noire, très simple. Quand ils s'arrêtent au niveau d'un promontoire, Volodia se sent envahi d'une vague de tendresse. Il saisit sa main. Des oiseaux passent au-dessus d'eux. Ils parlent à voix basse. Volodia l'enlace et, le cœur léger, l'embrasse.

Ensuite, ils ne se quittent plus du séjour. Elle illumine ses journées new-yorkaises. Elle est belle, il a touché son cœur, il le sent. Elly le suit dans sa tournée de conférences à travers le pays. Ils sont inséparables, jour et nuit, et le voilà happé par un rêve où, contrairement à son ami Bourliouk, il n'a pas choisi sa place.

Elly égrène avec lui les kilomètres, à titre d'interprète : New York, Chicago, Détroit, Cleveland, Philadelphie, Pittsburgh. Chaque fois, c'est la même chose : il lit ses poèmes, parle de l'Union soviétique et de ses impressions de l'Amérique. Ce pays l'émerveille. Bien sûr, les Américains ont des défauts, mais quand même : partout, cette modernité. Toutes ces routes parfaitement entretenues, qui s'étendent à perte de vue, encombrées de Ford rutilantes ; ces trains qui filent de toute part dans les airs à une hauteur de deux ou trois étages, avec une locomotive électrique qui ne crache pas comme celles à vapeur... Et là où le train plonge sous terre, une deuxième ville souterraine s'étire avec des milliers de voûtes et de tunnels noirs striés de rails brillants où le moindre choc, le moindre sifflement résonne longtemps le long de ces boyaux infinis.

Et puis il y a les derniers jours de septembre. Les télégrammes de Lili, mise en alerte par le silence suspect de Volodia – et sans doute aussi par Lounatcharski –, qui s'empilent. Son visa qui expire. Son manque d'argent et ses scrupules vis-à-vis des bonnes grâces de Bourliouk.

Il y a Elly qui désire, plus que tout, la nationalité américaine et qui lui a fait savoir que, même folle d'amour pour lui, elle ne foulerait plus jamais le sol russe.

Il y a ce matin brumeux du vendredi 2 octobre 1925, où l'aurore le fait frissonner sur le pont du *Santa Rosa* qui le ramène chez lui. Songeur, il ressasse les dernières paroles de Bourliouk sur le quai : « Tout poète est au fond de lui un émigré, même dans son pays natal. »

Il y a Elly qui pleure en découvrant les roses qui parsèment son lit ; elle a beau se précipiter hors de chez elle, lorsqu'elle parvient au port on entend les trois coups de sirène du *Santa Rosa* qui glisse tristement à travers la baie d'Hudson.

26

De retour à Moscou, le récit que mon père biologique fait de son voyage dans les conférences qu'il donne pour livrer ses impressions sur l'Amérique ne correspond en rien à celui raconté par Patricia.

Il n'y est bien sûr jamais question d'Elly ni de leur idylle. Oubliées les prouesses techniques, l'avant-garde architecturale, la modernité, il s'appesantit sur ce que le Parti attend de lui : l'envers du décor, les injustices engendrées par le capitalisme, l'Amérique moralisatrice et corrompue qui ne laisse guère de place au collectif.

On peut avoir des raisons de mentir, notamment quand il s'agit de sauver sa peau, mais comment le faire si cela revient à nier la poésie, à taire la beauté ?

Cette question, j'en suis sûr, il se l'est posée sitôt après avoir reposé le pied en Union soviétique.

La terreur est de retour. Après la mort de Lénine, Staline a mis ses adversaires à terre ; quelques manœuvres habiles, et Trotski a été exclu du Politburo ; Staline profite alors d'avoir les mains libres pour lancer une discrète mais brutale épuration de ses opposants. Il place aux fonctions clefs du pouvoir des hommes de confiance ; il attribue le portefeuille des arts et de la culture à son bras droit, le camarade Molotov, que Lénine se plaisait à décrire comme un bureaucrate sot et inepte. Oui, ce sont désormais eux les nouveaux maîtres du pays.

Comme dans un mauvais rêve, les changements s'enchaînent, se précipitent à une telle cadence qu'on en perd jusqu'à l'envie de comprendre.

C'est le moment où quelque chose vacille au fond de lui. Il ne parvient pas à enjamber le précipice toujours plus béant entre le réel qu'il vit et l'idéal qu'il porte.

Dans un de ses premiers récits de jeunesse, Dostoïevski introduit le terme *toska* pour désigner une variété particulière de tristesse russe. Elle n'a rien à voir avec cet état couramment décrit, chez nous, sous le nom de « mélancolie ». Si je devais me risquer à traduire ce sentiment, j'emploierais une périphrase : la conscience de la grandeur passée combinée à la pauvreté et à la routine du présent. Je trouve qu'elle illustre bien l'état d'esprit qui a dû être celui de mon père biologique, une fois rentré à Moscou : l'irréversible prise conscience que la pesanteur du quotidien et le désenchantement de la Révolution ont anéanti ses rêves.

Et le jour où il apprend que son ami le poète Essenine s'est pendu dans sa chambre d'hôtel à Leningrad, sa *toska* se grève du poids de cette fin tragique. Ce 28 décembre 1925, il a trente-deux ans, Essenine en avait trente. À côté du corps qui se balance encore, on retrouve ces trois mots écrits avec son propre sang : *Rien de grave.* Tous les témoignages concordent : ce geste percute au plus haut point Maïakovski. Il suffoque dans son propre pays comme si l'air se viciait petit à petit. Comme lui, Essenine avait voyagé en Amérique ; comme lui, il venait de perdre sa muse, la danseuse Isadora Duncan. Chez eux deux, la même fragilité. Les mêmes sautes d'humeur. La même insatisfaction permanente. La même peur de voir s'étioler la jeunesse. Le même besoin permanent d'amour.

C'est peut-être une élucubration de ma part, mais je pense que le suicide d'Essenine est l'amorce de son glissement. Comme si une ombre venait de recouvrir son âme et l'éloignait, à la façon du courant d'une rivière, de plus en plus loin des autres et de lui-même.

Je n'ai trouvé aucune trace de tels propos, mais je les lui prête volontiers : « Après tout, un homme peut toujours choisir de ne pas vivre assez longtemps pour décevoir les autres ou pour que la vie le déçoive. »

27

Mercredi 3 février 1926. Il est à peine seize heures mais la lumière pâle du soleil hivernal a déjà disparu derrière l'horizon, abandonnant une lueur grise et blafarde dans le ciel sombre. Les rues de Moscou sont désertes, balayées d'un long souffle de flocons.

Renfrogné, Volodia sort d'une réunion du *LEF* (Front de gauche des arts) durant laquelle il n'a pas décroché un mot. Les mains au fond de ses poches, il marche, silencieux, en direction de chez lui sans même s'apercevoir qu'Asseïev le suit.

Son esprit le tourmente. Voilà plusieurs semaines qu'il ne parvient plus à contrôler ses réminiscences intérieures, à s'empêcher de se poser, encore et toujours, les mêmes et vaines questions. Combien de mauvais poèmes un écrivain peut-il se permettre ?

La commande sociale est-elle un signe de servilité ? L'art appartient-il au peuple, comme il l'a proclamé récemment dans une conférence devant des membres du Parti ? Qui, d'ailleurs, de l'homme ou du poète, parlait à cette occasion ? Parce qu'au fond de lui, Maïakovski le poète est en désaccord avec Maïakovski l'homme : l'art appartient tout simplement à ceux qui le créent et qui l'aiment.

Généralement, dans ces situations où il se sent devenir schizophrène, son visage se crispe. Il ferme les yeux et secoue légèrement la tête comme pour réprimer une douleur subite. Sa phobie des microbes et sa peur panique de l'infection s'aggravent elles aussi. Ceux qui connaissent son histoire savent qu'elles trouvent leur origine dans l'accident paternel. Mais aujourd'hui, près de vingt ans après ce drame, quel sens donner à cette répulsion viscérale à l'égard de toute forme d'impureté ? À New York, Bourliouk s'était risqué à une analyse : n'importe quel connaisseur de l'âme humaine y verrait la réaction inconsciente de son esprit à la souillure de la Révolution par les bolcheviques.

Ce dégoût obsessionnel a pris une telle ampleur qu'il entrave sa vie quotidienne. Sa dernière conquête en date, Natalia, une jeune secrétaire de vingt et un ans employée à la Gosizdat, a coupé court à leur relation après que celui-ci l'a sermonnée comme une enfant pour avoir touché une poignée de porte à main nue. « Je suis déçue qu'un poète tellement hors du commun se révèle être, en fait, une personne si commune», lui a-t-elle rétorqué, piquée au vif. Vexé à son tour, il est parti en lui lançant, tout en mimant le geste: «Qu'attendiez-vous? Que je me peigne le ventre en doré comme un Bouddha?»

Pas un jour ne passe sans qu'il ne regrette sa vie d'avant. Quand il partageait le même toit que Lili et Ossia, il avait une famille, un havre de stabilité, l'équilibre qu'il avait toujours cherché. Aujourd'hui, s'il lui arrive parfois de dormir chez eux, si Lili lui écrit presque tous les jours, il n'y a plus désormais entre eux qu'une tendre amitié qui ne lui rend, malheureusement, pas plus supportable le spectacle de sa valse amoureuse.

Tout cela resterait tolérable s'il ne devait pas subir, en plus, les suspicions constantes du pouvoir, toutes sortes de chicanes quotidiennes. Alors qu'il aspire simplement à la paix et à un peu de sérénité pour écrire, les tracasseries bureaucratiques, les chamailleries, les polémiques inutiles ne cessent de se multiplier.

Ce climat mesquin le taraude. Il ne parvient plus à dormir que deux ou trois heures par nuit et, quand il s'endort enfin, les cauchemars ne cessent d'interrompre son sommeil: la pendaison de son ami Essenine, qu'il revit à chaque fois sous des formes différentes; la mort de son père, qui prend des visages toujours plus répugnants; sa séparation avec Lili; les mauvaises manières du pouvoir.

Cette nuit encore, il s'est réveillé en sursaut, frappé par l'intensité de son rêve : il cherchait à vendre un nouveau poème aux *Izvestia*. Parvenu dans l'entrée du bâtiment, son corps grandissait pour emplir tout l'encadrement de la porte. Un bureaucrate du journal lui serrait la main et le priait de lire son poème. Plus il avançait dans la lecture, plus le fonctionnaire rapetissait au point de devenir aussi minuscule qu'un pion d'échec. Inversement, lui-même devenait gigantesque. Une fois la lecture terminée, le bureaucrate s'étirait, parcourait le manuscrit, faisait une moue puis lançait, soudain transformé en orang-outan : « Je n'ai aucun besoin de vos poèmes incompréhensibles ! » Alors que lui-même rapetissait à son tour, le fonctionnaire devenait colossal, dix fois plus grand que lui. Il finissait par lui consentir une avance de cinq roubles, mais sa caisse restait fermée, si bien qu'il ne touchait pas son argent...

Un écho lointain le tire de ses pensées. C'est la voix d'Asseïev. Ils sont arrivés au pied de son immeuble. Volodia l'observe, prenant doucement conscience de la présence de son ami. Asseïev a l'âge d'Ossia, trente-sept ans. Cheveux bruns, visage élancé, moustache soigneusement arrangée, il est toujours élégamment vêtu, costume de laine et cravate de soie fauve. Pris d'une impulsion subite, Volodia lui demande :

« Toi aussi, tu penses que j'écris moins bien ? J'ai l'impression d'être devenu une usine sans cheminée ni fumée qui produit une poésie dont plus personne ne veut.

— Ce que nous vivons n'est qu'un obscurcissement passager, Vladimir. Une sorte de gueule de bois qui, bientôt, prendra fin d'elle-même, tente de le rassurer son ami.

— Je vais te faire une confidence : j'envie Essenine d'avoir su mettre un point final à sa vie. Je suis las de la merde fossile de notre temps. Je crois qu'une mort brutale et violente vaut mieux qu'une asphyxie à petit feu. »

Asseïev essaye de sourire face à ce qu'il prend pour une nouvelle manifestation du caractère excessif de son ami, mais ne parvient qu'à grimacer en cherchant quelque chose de réconfortant à dire :

« Ne sois pas aussi définitif. L'espoir doit nous guider. Récemment, avec Ossia et Pasternak, nous sommes allés voir le camarade Molotov pour plaider la cause des écrivains expérimentaux. Il s'est montré très compréhensif. »

À ces mots, Volodia part d'un grand éclat de rire :

« Vous vous y casserez les dents. La seule ambition de Staline est de figer le pays pour mieux le contrôler quand, nous, nous louons la vitesse, le progrès, la modernité ! »

L'idée de devoir rentrer seul chez lui le dégoûte au plus haut point. Cherchant à retarder ce supplice, il entraîne Asseïev dans un café de l'autre côté de la rue et commande six verres de vodka, trois pour chacun : « Un pour boire, un pour espérer et un pour se souvenir », comme dit l'adage.

Asseïev reprend la discussion là où elle s'est arrêtée :

« Je vais te donner un conseil et, contrairement au poker, ce sera gratuit. Arrête de voir la vie en noir. Tu es le poète le plus célèbre du pays, tu es le seul d'entre nous à avoir le droit de voyager et tu ne cesses de gémir. Tu es en train de sombrer dans la paranoïa...

— La paranoïa ? Ce matin, *La Pravda* a publié les quinze meilleurs ouvrages sur Lénine, et cette liste ne mentionne même pas mon poème *Vladimir Ilitch Lénine*.

— Sans doute un simple oubli...

— Es-tu donc si naïf? Comme je l'étais jusqu'à présent... La semaine dernière, le nouveau volume de l'Encyclopédie soviétique a été publié. Écoute ce que le pouvoir dit de moi sous la rubrique "Futuristes" : "La révolte de Vladimir Maïakovski, anarchiste et individualiste, est par essence petite-bourgeoise." Crois-tu qu'il s'agisse là de l'œuvre du hasard ? Penses-tu que le pouvoir a simplement *oublié* d'être gentil avec moi, comme il a arrêté de l'être avec notre ami Lounatcharski, dont l'érudition est pourtant sans commune mesure avec ce benêt de Molotov ? »

La discussion entre les deux amis se prolonge jusqu'à une heure avancée de la nuit. Et quand Volodia rentre dans son appartement désert, son état dépressif est tel qu'il songe sérieusement à en finir.

[Propos rapportés sur Maïakovski,
1926-1927]

28

« Certains de ses plus fervents admirateurs refusent désormais d'assister à ses lectures, mais il se présente encore devant des salles combles où les ovations se succèdent, même si les journaux prétendent qu'on n'acclame que son passé. Les gens aiment le calomnier sournoisement dans son dos, et à la vérité il reste plus digne que jamais. J'ai assisté récemment à une de ses conférences. Un étudiant mal intentionné lui a lancé : "Quand on a l'âme vide, il n'y a que deux voies possibles : se taire ou crier. Pourquoi avez-vous choisi la seconde ?" Sa réponse acerbe a fait rire toute l'assemblée : "L'auteur de la question oublie qu'il existe une troisième voie : poser des questions aussi indigentes."

Natacha Brioukhanenko,
secrétaire à la Gosizdat

Il est très angoissé. Il n'arrête pas de se tourmenter à l'idée qu'il est un poète fini. En définitive, je crois que Pasternak a raison : la production constante de vers de circonstance l'a détourné de la vraie poésie.

Nikolaï Asseïev

Pour une raison que j'ignore, Volodia est devenu servile au point d'en être méconnaissable. Son soviétisme forcené, sa prédilection pour la révolution avec un mandat officiel en poche me rebutent de plus en plus, même si je garde pour lui une grande affection humaine.

Boris Pasternak

C'est un paysan géorgien qui ferre ses chaussures non pas pour en faire durer les semelles, mais pour s'assurer que son entrée ne passera pas inaperçue.

Ivan Gronski, directeur des *Izvestia*

J'ignore encore si ces gens sont romantiques ou dangereux, rêveurs ou fous, à côté de la plaque ou au cœur du réel.

Vitcheslav Molotov

Photographié au milieu d'intellectuels, il saute aux yeux ; on a du mal à le distinguer dans un groupe d'ouvriers.

David Bourliouk

Innombrables sont ceux qui l'aiment et le soutiennent, mais ce n'est qu'une goutte d'eau dans la mer pour quelqu'un qui a l'âme d'un voleur insatiable, qui veut être lu par ceux qui ne le lisent pas, être aimé de celle dont il se croit mal-aimé.

Lili Brik

Aucun artiste n'est jamais absolument convaincu de la qualité de son travail. Aucun de nous n'a jamais l'impression de maîtriser totalement son art. Nous doutons toujours. Quand je lui ai exposé tout cela, Maïakovski n'a rien voulu entendre. Il était visiblement abattu et déprimé.

Dmitri Chostakovitch

Son recueil de poèmes pour les enfants, c'est sa grande fierté. Il y passe des heures entières. À croire qu'il regrette de ne pas en avoir eu, ou bien qu'il en a de cachés quelque part. Vu le nombre de ses conquêtes, Olga dit que cela ne serait pas impossible.

Ludmila, sœur de Volodia

Je n'ai jamais vu Maïakovski calme et mesuré. Soit il était exalté, bruyant, gai, extrêmement charmeur, et déclamait à longueur de temps des vers ou les chantait sur des mélodies qu'il inventait. Soit il était d'humeur sombre et pouvait se taire des heures d'affilée.

Anatoli Lounatcharski

À son retour d'Amérique, il m'a fait part d'un énième nouveau projet : écrire un roman de cinq cents pages se déroulant à Moscou et Petrograd de 1914 à nos jours, avec pour ambition de peindre la vie littéraire, la vie de tous les jours et la lutte entre les différentes écoles artistiques. Il était certain de le terminer en six mois. Quand, une fois ce temps écoulé, je lui ai demandé où il en était, il m'a répondu sans s'étendre davantage : "Je l'ai fini dans ma tête mais je ne l'ai pas couché sur le papier. J'ai pris en haine tout ce qui est fiction et je me suis mis à exiger de moi-même que tout soit basé sur le nom propre, sur les faits." Volodia n'est pas taillé pour une telle entreprise. Il est habitué à travailler vite en composant oralement ses poèmes. Comment quelqu'un qui n'a pas la patience de finir un livre ou de manger du poisson avec des arêtes pourrait-il achever un roman ?

Ossip Brik

Je n'ai jamais rencontré quelqu'un d'aussi attentionné, qui satisfait toujours les souhaits de chacun. Il m'a fait livrer d'Allemagne il y a quelques semaines, alors que je ne lui avais rien demandé, des accessoires photographiques pour lesquels il a dû avoir le plus grand mal à obtenir une licence d'importation. Quant à Lili, j'ai entendu dire qu'il lui avait fait cadeau d'une Ford T. Cette voiture a dû lui coûter une fortune.

Alexander Rodchenko

À partir de 1926-1927, Maïakovski s'est mis à voyager et travailler comme un dément. Comme s'il cherchait à fuir son quotidien, à ne plus réfléchir. Je ne sais plus quel journal a fait le décompte mais, en 1926, il a écrit soixante-dix poèmes, trois scénarios de cinéma et une pièce de théâtre. À cela se sont ajoutées toutes ses conférences. C'est bien simple, on ne le voyait presque plus : un jour il était à Voronej, l'autre à Rostov puis Taganrog, Novotcherkassk, Krasnodar. Il était sans cesse en activité et, les rares fois où on le retrouvait à Moscou, il semblait désœuvré, triste, et avait le vin mauvais.

Vassili Meyerhold

Maïakovski s'est déclaré très fier de *Ça va !*, son texte-manifeste sur la Révolution. Malheureusement, à part lui, il y a peu monde pour trouver qu'il s'agit là d'une réussite. L'épopée n'est pas son fort. Il y échoue tout le temps et n'arrive pas à s'élever au-dessus d'une réclame d'assez bas niveau.

Anatoli Tsariov *(La Pravda)*

J'ai reçu hier une lettre énigmatique de Volodia. Cela fait une éternité qu'il ne m'a pas donné de nouvelles et il m'annonce, sans plus d'explications, sa venue prochaine à Paris et son besoin de prendre l'air. C'est tout lui ! Je ne lui ai encore rien dit pour Aragon. Je suis sûr qu'ils vont mutuellement se plaire.

Elsa Triolet »

29

Nous y sommes. C'est au dernier voyage à l'étranger de mon père biologique que je dois l'existence.

Quand pour la deuxième fois il foule le sol parisien, ma mère, une grande brune élancée, perchée sur de longues jambes, a trente-deux ans, et n'a alors ni mari ni enfant. Officiellement, elle est figurante au cinéma, mannequin chez Chanel, et gagne sa vie en confectionnant des chapeaux. Elle parle couramment l'anglais, le russe, l'allemand, a d'innombrables admirateurs et une foule de prétendants. Elle s'intéresse beaucoup à la poésie, elle traîne ses soirées dans les cercles artistiques russes : elle est l'amie personnelle de Chagall, d'Elsa Triolet, d'Aragon, de Zadkine.

Ça, c'est ce qu'elle fait croire à tout le monde.

Sa principale activité consiste en réalité à documenter les faits et gestes des artistes russes à Paris afin d'en rendre compte au Bureau central du renseignement français, qui l'emploie. La Révolution russe n'a pas épargné les alliances internationales, et l'une des premières mesures du gouvernement Clemenceau a été de renforcer les moyens du contre-espionnage pour faire obstacle aux tentatives bolcheviques de déstabiliser la vie politique intérieure, notamment par le contrôle, depuis Moscou, du Parti communiste français. Preuve de ces vives tensions diplomatiques : en 1928, en même temps que Maïakovski pose ses valises à l'hôtel Istria, l'ambassadeur soviétique à Paris se fait expulser au motif d'activités révolutionnaires.

Ma mère a toujours été une personne secrète, y compris avec moi, son propre fils. Même quand j'étais à son chevet sur son lit de mort, à l'hôpital de la Pitié, elle n'a pas rien voulu me dire sur sa relation avec mon père, malgré mes supplications. Le 12 mai 1987, elle s'est éteinte dans le silence de son secret.

Quelle était la nature exacte de sa mission avec Maïakovski ? Comment avait-elle pu tomber amoureuse d'un poète soviétique, elle qui, ne serait-ce que par engagement professionnel, détestait tout ce qui avait trait de près ou de loin au communisme ? Sur tous les mystères qui entourent son histoire avec mon père biologique, je n'ai aucune réponse. Je laisse à d'autres le soin d'inventer.

J'ai seulement deux certitudes, et elles sont confirmées par les documents et les archives : c'est Elsa Triolet qui les a présentés l'un à l'autre ; et Maïakovski a vraiment aimé ma mère.

Quant à savoir si elle était l'objet de son amour ou simplement de son besoin d'amour, l'affaire se complique. Dans l'un des billets qu'il lui a adressés et que j'ai sous les yeux, il écrit ceci : « Aime-moi s'il te plaît mon enfant, j'en ai absolument besoin. » Comme si s'imposait à lui la nécessité vitale que l'amour anime et console une dernière fois son cœur souffrant.

Ultime point, et d'importance : j'ai retrouvé dans le « fonds de Moscou » contenu dans les Archives nationales françaises une lettre passionnée adressée à ma mère, où il se déclarait prêt à quitter définitivement l'Union soviétique pour venir vivre à Paris avec elle.

Était-ce là la mission secrète confiée à maman ? Maïakovski était devenu un tel monument, un tel symbole de la Russie soviétique, qu'à coup sûr, s'il avait fui le bolchevisme, cette prise de guerre aurait auréolé la France, et le camp de l'Ouest tout entier.

Suis-je alors le fruit d'une terrible machination, ou d'un amour fou ?

Il y a aussi cette question qui me glace : ma mère était-elle prête à tout pour réussir sa mission ? À toutes les manipulations psychologiques, y compris au moyen de la conception d'un enfant ?

Et que dire de ce dernier fait troublant : les archives soviétiques attestent qu'à cette époque Lili Brik était un agent de la Guépéou. Or, selon des renseignements précis fournis par les services secrets soviétiques à Paris, Lili semble avoir été alertée du risque que Maïakovski prenne la fuite et des dangers que cette entreprise faisait courir à son ancien amant. Alors qu'elle lui avait clairement signifié qu'elle ne l'aimait plus, voilà qu'elle s'était remise à l'inonder de déclarations d'amour, puis à le supplier de rentrer le plus rapidement possible à Moscou.

Une fois mon père de retour en Russie, le piège s'est refermé sur lui : Staline avait pris toutes les dispositions nécessaires pour que l'icône Maïakovski ne sorte plus d'Union soviétique.

Un artiste devenu symbole peut-il échapper aux convoitises politiques ?

30

«Lettre de Lili Brik à sa sœur Elsa Triolet
(15 juin 1928)

Ma petite Elsa !
S'il te plaît, dis-moi ce que c'est que cette femme pour laquelle Volodia se languit à mourir, à qui il dédie des poèmes (!!), pour laquelle il se dit prêt à quitter définitivement Moscou pour vivre à Paris (!!!).

Elle serait simplement mannequin ? J'ai peine à croire à une telle innocence !

NE DIS À PERSONNE que je t'ai demandé ça et raconte-moi tout en détail. Personne à la Guépéou ne lit mes lettres.

Lilia

Télégramme de Lili Brik à Vladimir Maïakovski
(le même jour)

Je t'aime énormément. S'il te plaît ne te marie pas pour de bon, tout le monde m'assure que tu es très amoureux à Paris et songes sérieusement à épouser une Française. Nous sommes déjà mariés tous les trois avec Ossia, et nous marier davantage serait une faute. »

31

Paris. Soirée d'été 1928.

Au café *La Coupole*, Volodia est attablé en compagnie d'Elsa et d'Aragon. Dehors, une bruine tombe, silencieuse et légère, sur les façades et les gros autobus verts. Le café est bondé, les vitres embuées par la moiteur et la fumée. Ils dégustent des huîtres au fort goût de marée, avec une légère saveur métallique que le vin blanc frais emporte, ne laissant dans leurs bouches que la saveur de la mer.

Elsa et Aragon filent le parfait amour depuis quelques mois, au point qu'elle a abandonné l'hôtel Istria pour emménager chez lui, rue de la Sourdière. Elle a insisté pour que Volodia le rencontre : « Vous avez de nombreux points communs. Vous êtes tous les deux poètes, communistes et persuadés que l'art doit se mettre au service du réalisme socialisme. »

Tout en dévorant en un tour de main ses fines de claire, Volodia observe, du coin de l'œil, Aragon qui se perd en louanges sur le surréalisme. Aragon est de cinq ans son cadet, les yeux vifs et brillants, le sourire expressif, sincère. Les traits de son visage sont si lisses et parfaits qu'ils lui donnent une allure juvénile.

«Je suis convaincu d'une chose : la littérature est le seul moyen de se prémunir du péril capitaliste», poursuit Aragon, les joues empourprées par le vin blanc et l'excitation. Volodia, les yeux rivés sur les deux jeunes femmes qui dînent à la table d'à côté, engloutit la dernière huître du plateau sans se soucier de ses deux compagnons. Le poète français a quelque chose d'irritant, pourtant il n'arrive pas à dire quoi. Ils n'ont que cinq ans d'écart, mais une vie entière les sépare.

«Nous, les surréalistes, sommes les enfants de Rimbaud et de Marx : nous voulons à la fois changer la vie et transformer le monde. Nous mêlerons révolution politique et révolution artistique.»

C'en est trop. Volodia réprime péniblement son exaspération : mais que croit-il, ce gobe-mouches ? Si lui, Maïakovski, le plus grand poète soviétique, a échoué dans ce combat pour la révolution des esprits, personne n'y arrivera. Et faut-il être aveugle, ou tout simplement français, en tout cas ne pas vivre à Moscou, pour ignorer qu'avec Staline au pouvoir, cette bataille est définitivement caduque pour les décennies à venir ?

Au diable ces pompeuses chimères qu'il a lui aussi déclamées en son temps ! À trop vouloir théoriser la poésie, on finit par la vider de son suc, des émotions qui font jaillir les mots, on finit par la réduire à une production rationnelle et mécanique. Toutes ces phrases à l'emporte-pièce l'insupportent désormais.

Il s'apprête à rabrouer ce blanc-bec qui essaie de lui faire la leçon, mais l'arrivée d'une jeune femme qui s'avance vers leur table l'arrête net dans sa phrase. Elle est d'une beauté à couper le souffle.

« Puis-je m'asseoir à votre table ? demande-t-elle, en s'adressant à Elsa et Aragon d'un air entendu.

— Bien sûr, lui répond Elsa en russe avec un clin d'œil appuyé à Volodia.

— Tu veux boire quelque chose, Rose ? » ajoute Aragon.

Elle commande un vermouth rouge tout en s'installant à côté de Volodia, qui s'empresse de se lever pour lui présenter sa chaise. Lui qui était prêt à s'époumoner dans une diatribe endiablée contre les révolutionnaires de pacotille ne dit plus un mot, ne cesse de dévisager sa voisine. Son front est haut, d'une blancheur éblouissante, ombré d'une chevelure aussi belle que l'agate. Dans une indéfinissable palpitation, tout semble s'iriser autour de cette jeune femme solaire qui irradie le café de sa présence.

Elsa n'en a parlé qu'à Aragon, mais c'est elle qui a arrangé cette rencontre. Rose Jacob est l'une de ses nouvelles amies françaises, une jeune femme qui s'intéresse beaucoup à la poésie, parle couramment le russe et travaille comme mannequin. Quand elle a évoqué à Aragon le premier séjour parisien de Volodia, la façon dont il l'avait accaparée, la chose était entendue : il fallait trouver de toute urgence une occupation à Maïakovski. Rose était parfaite pour remplir cette mission : non seulement elle avait tout le charme nécessaire pour que Volodia tombe amoureux d'elle, mais sa passion pour la poésie allait à coup sûr rendre l'attraction réciproque. Sans compter qu'elle pourrait lui servir d'interprète.

Ce soir-là, le plan fonctionne à merveille. La troisième bouteille de muscadet terminée, Elsa et Aragon laissent Volodia en bonne compagnie.

Rose cite les œuvres de la littérature russe qu'elle affectionne par-dessus tout – elle s'essaye au roman, glisse-t-elle entre deux citations de Dostoïevski. Elle l'apprécie pour sa peinture subtile de l'âme humaine, de ses fragilités et de sa folie. Et puis, elle a aussi lu Tolstoï et Tourgueniev, avec un faible pour ce dernier, ses romans lui ont fait sillonner les paysages et les routes de Russie. Volodia s'amuse de ces phrases savantes, il se demande si les femmes françaises parlent toutes autant, il préférerait des galanteries moins bavardes, mais Rose semble un peu distante. Faute de mieux, il lui dresse, en retour, un portrait peu reluisant de la littérature et de la poésie dans l'Union soviétique de Staline, il décrit la dérive bureaucratique, l'atmosphère étouffante pour les poètes condamnés les uns après les autres par le pouvoir : Goumilev, Blok, Essenine… « Nous serons bientôt une espèce en voie d'extinction en Union soviétique », lance-t-il, en souriant à peine.

Dès le lendemain matin, Volodia harcèle Elsa pour obtenir l'adresse de Rose. C'est un adorable jour de printemps, il lui fait livrer toutes sortes de perles et de colliers, des gants, du parfum, et même une robe en lainage très doux, excentrique, en crêpe Georgette doublé.

Quelques jours plus tard, Rose l'invite à une promenade au milieu des marronniers en fleurs, des bassins et des fontaines du jardin du Luxembourg. Des gouvernantes assises sur les bancs couvent du regard des nuées d'enfants, coquets et apprêtés, qui jouent sur le gravier des allées.

Et au moment où Rose, enfin, se laisse embrasser, Volodia le sait : elle est son dernier espoir, la dernière chance que lui offre cette vie. Il doit s'y accrocher ou mourir. Le voilà, à nouveau, follement amoureux. Rompant le pacte tacite avec Lili, il se remet à composer des poèmes lyriques qu'il dédie à Rose : *L'amour, c'est quand cela souffle en vous, que du cœur le moteur rouillé se remet en marche.* Il commet l'imprudence de lire ses poèmes dans les cercles russes à Paris, et ne se donne pas la peine, contrairement à New York avec Elly, de cacher cette relation avec une Française qui pourrait lui attirer des ennuis en Union soviétique. Qu'importe ! Il veut même que cela se sache. Si le pouvoir continue à le mépriser comme il le fait, il reprendra sa liberté.

Il dépense sans compter. Tous les soirs, il s'affiche avec Rose dans les cafés de Montparnasse. Ils fréquentent théâtres, cinémas, sillonnent Paris en taxi pour retrouver Elsa et Aragon à des fêtes qui rassemblent nombre d'artistes parisiens. Il achète une voiture, le dernier modèle de chez Renault, une folie, et emmène Rose en week-end à la mer, à Deauville, au Touquet, à Étretat, où ils écument les restaurants de fruits de mer, les hôtels chics, les casinos, et font d'interminables marches sur les plages.

Mais au bout d'un mois, Volodia est ruiné. À la grande joie de la Guépéou.

Malgré les multiples tentatives de Volodia d'obtenir des avances, la Gosizdat, obéissant aux consignes, n'y fait pas droit. Et quand son visa arrive à expiration, les lettres de Lili le mettent en confiance. Il hésite pourtant, soupèse encore sa décision puis choisit finalement de rentrer.

À Rose qui essaie de l'en dissuader et de le retenir coûte que coûte, il garantit qu'il reviendra vite et, cette fois-ci, sans doute définitivement.

Staline en décide autrement : l'ordre est donné que le poète Maïakovski ne quitte plus le territoire d'Union soviétique.

32

C'est désormais fini. Le charme est rompu. L'élan n'est plus là. Il se dissipe et nous ne pouvons pas marcher sur ses pas : les morts naissent, ils ne meurent pas.

L'Union soviétique n'est plus la patrie de la poésie : elle a désormais soif de violence, ce qui se traduit par la collectivisation forcée, les purges brutales et sanguinaires.

Ce n'est que le début de l'ère Staline mais Volodia se sent déjà étranger dans son propre pays. Il ne comprend plus rien, son appel à l'éveil individuel va à rebours de la doctrine du Parti.

Sans amour, sans poésie, sans aucune échappatoire possible, à quel espoir peut-il encore se raccrocher ?

C'était un matin ou une nuit, qu'importe ; il s'est produit cette chose terrible, brutale : Volodia s'est retrouvé bloqué, incapable d'écrire un vers. Avant, quand il composait un poème, il ne pensait à rien. Il écrivait à l'instinct, il marchait, rythmait ses vers à la cadence de ses pas, et toute sa chair se mettait à vibrer pour scander les mots et les sons. Il était poète dans son âme et son corps, absolument. À présent, à force de réfléchir, il étouffe toute spontanéité, toute originalité. L'art est certainement nécessaire, mais doit-il être utile ?

Il redoute désormais de se produire en public, lui qui savait mieux que nul autre capter et retenir l'attention du public, ayant fait de la provocation et de l'outrance sa marque de fabrique. Son allure de colosse réussit peut-être à tromper les apparences et à masquer les tourments de son âme. Récemment, à l'occasion d'une de ses conférences à Moscou, un jeune homme s'est hissé sur une table et a hurlé : « Maïakovski ! L'histoire montre que les grands poètes finissent mal, en général : soit on les assassine, soit... Vous, quand pensez-vous vous tirer une balle ? » Frappé de plein fouet, il s'est contenté de répondre très lentement, d'une voix fébrile, presque éteinte : « Si d'autres idiots viennent me demander ça, alors autant se la tirer, cette balle. »

Il est bien loin, ce temps où il se sentait extraordinaire, grandiose, sûr de son succès... Aujourd'hui, il craint tant l'échec qu'il ne réussit plus à l'empêcher.

Est-ce pour se venger de cette brute de Staline qu'il publie, rageur, une ultime pièce de théâtre, *Les*

Bains ? Satire d'un appareil bureaucratique qui freine la marche en avant de l'esprit humain et l'élan créateur de la jeunesse, la pièce met en scène Triomphalnikov, l'incarnation du bureaucrate tout-puissant, sans âme, inculte et vulgaire, qui, après la révolution, est monté en grade et a changé de palier.

Pasternak l'a félicité : « Cette pièce, c'est l'ultime sursaut de ta conscience. » Volodia est touché, les marques de sympathie et de reconnaissance se font rares. « Ami, nos goûts sont simplement différents : toi, tu aimes les éclairs dans le fer à repasser, moi dans le ciel. Mais, finalement, sur l'essentiel, nous nous retrouvons », conclut Pasternak.

Le public reste de marbre, l'accueil est glacial. Pas un éclat de rire, pas un applaudissement, le fiasco est pénible. Ce désastre finit de le persuader que son art n'atteint plus son public. Il s'en ouvre au fidèle Meyerhold, qui a monté sa pièce, et lui assène que son talent est mort. Meyerhold tente bien de protester : « Si on en a eu, il en reste toujours quelque chose que personne d'autre ne possède. » Mais Volodia n'en démord pas, le charisme qui a été le sien, toute son originalité, ses traits distinctifs, tout cela a définitivement disparu.

Même les détails sont cruels. Cela fait belle lurette que l'enveloppe de papier kraft que lui fait parvenir chaque jour la Gosizdat ne contient plus aucune lettre d'admiratrice. Au cours des six derniers mois, il a reçu en tout et pour tout deux missives, et encore, c'étaient deux lettres d'insultes. Que reste-t-il de l'éternel séducteur qui n'avait pas son pareil pour révéler à la femme conquise sa personnalité unique, sa voix, ce geste qui n'appartenait qu'à elle ? Grâce à ses mots, elle devenait muse, déesse, héroïne de sa propre vie.

À la fin de l'année 1929, il jette ses dernières forces dans une rétrospective de l'ensemble de son œuvre : ce sera sa façon de répondre à la défiance du pouvoir qui lui interdit de quitter le territoire soviétique. Asseïev, Rodchenko et Meyerhold sont chargés de l'organisation, mais ils peinent à trouver des soutiens : sous la pression du Parti, même la Fédération des écrivains soviétiques refuse d'accorder son aide. Fébrile, il travaille seul, contre vents et marées, dans son petit appartement passage de la Loubianka. Usant du peu d'énergie qui lui reste, il rassemble lui-même la plupart du matériau qu'il trie, arrange. Les bureaucrates du régime ne manquent pas une occasion de lui mettre des bâtons dans les roues. Ils refusent de faire imprimer le catalogue ? Qu'importe, il couvre sans relâche les salles de l'exposition de ses affiches, dessins et autres poèmes.

L'exposition « Vingt ans de travail » est un nouvel échec personnel. Aucune huile du pouvoir ou du monde de l'art ne fait le déplacement. Le boycott est si patent que, le jour de l'inauguration, seules vingt personnes – amis compris – sont présentes. Volodia fait bonne figure : « Je me réjouis de l'absence de tous ces snobs qui se complaisent chaque jour un peu plus dans la bureaucratie et le passé. »

Mais quand le lendemain, au siège des *Izvestia*, il croise Gronski, le directeur de la rédaction, celui-ci a eu vent, tout comme Staline, des propos qu'il a tenus la veille et lui lance vertement : « Vladimir Vladimirovitch, vos différences de vues avec le Parti sur les questions esthétiques, ou plutôt éthico-philosophiques, sont plus profondes que vous ne pensez. »

Il y voit alors l'ultime preuve de sa disgrâce.

Le 14 avril 1930 est une belle journée de printemps ensoleillée. Lili et Ossia sont en voyage au Danemark. Asseïev et Meyerhold en déplacement pour une conférence à Leningrad. Volodia hésite à appeler Pasternak, mais s'il se plaint, il sait à l'avance ce qu'il va s'entendre dire, que l'issue était courue d'avance.

Dix heures quinze. Il tourne en rond dans son appartement, les mains croisées derrière le dos. Pourquoi attendre encore puisqu'à présent il est certain qu'il n'y a plus rien à espérer ?

Il s'assoit à la table du salon, consumé d'un feu intérieur, un dernier sursaut d'adrénaline à l'idée de composer ses derniers vers. Cherchant l'inspiration, il reprend ses allées et venues, déclame à haute voix : *Le canot de l'amour s'est brisé contre la vie courante. / Inutile de passer en revue les douleurs, les malheurs et les torts réciproques. / Soyez heureux. Comme on dit, l'incident est clos.*

Il est satisfait du rythme, du choix des mots. C'est suffisamment solennel, mais aussi factuel et généreux.

Son esprit oscille entre le souvenir de son père, de sa mort absurde, et la mémoire d'Essenine et de son geste héroïque. Le moment est venu de demeurer fidèle à la promesse qu'il s'est faite enfant : mourir, comme Tarass Boulba, en héros.

À l'idée de transcender la mort, de postuler à l'immortalité, la vie trépide dans ses veines.

Il empoigne son Mauser.

Je suis quitte avec la vie. Ressuscitez-moi seulement par mes mots.

Ce furent ses derniers vers.

À Moscou, aujourd'hui, de jeunes poètes continuent de se rassembler place Triomphalnaïa, au pied de la statue de Vladimir Maïakovski, pour déclamer leurs vers.

Le 25 septembre 2022, Artiom Kamardine, trente et un ans, a lu un poème hostile à l'invasion de l'Ukraine. Arrêté puis torturé et violé par la police, il a été contraint de présenter des excuses filmées. Incarcéré le 30 septembre, il est toujours en attente de son jugement. Il risque une peine de dix ans de prison pour incitation à la haine et appel à commettre des activités contre la sécurité de l'État.

Ce livre lui est dédié ainsi qu'à tous ceux qui ont le courage de lui succéder chaque jour place Triomphalnaïa. La poésie reste une arme de combat.

Note de l'auteur

Vladimir Maïakovski est mort le 14 avril 1930, à trente-sept ans, en se suicidant d'un coup de revolver en plein cœur.

Sa vie comme sa mort sont au cœur de cette tension, de cette ambivalence qu'entretiennent l'art et le politique. C'est ce que j'ai tenté d'explorer ici, comme j'avais essayé de le faire dans mon précédent « roman vrai », *Le Stradivarius de Goebbels*.

Pour les besoins de la fiction, j'ai pris de larges libertés avec la chronologie d'événements historiques. Pour plus de clarté, je n'ai pas toujours utilisé les diminutifs et les déclinaisons patronymiques des prénoms russes, couramment employés dans le pays.

J'ai eu la chance d'accéder à quantité d'ouvrages et de documents dans le cadre de mes recherches. Deux titres, toutefois, se sont révélés particulièrement précieux : *La Vie en jeu. Une biographie de Vladimir Maïakovski*, de Bengt Jangfeldt (éditions Albin Michel), qui fait, aujourd'hui encore, référence en la matière, et *Ma découverte de l'Amérique* de Vladimir Maïakovski, un ouvrage paru aux éditions du Sonneur, préfacé par Colum McCann.

J'adresse toute ma gratitude à mon éditeur. Ma reconnaissance aussi à Elsa Vonau et Caroline Faure pour leur accompagnement au long cours dans mes recherches historiques et littéraires.

Un remerciement particulier à mes parents (et au goût prononcé de mon père pour la littérature russe), à ma sœur et aux prometteuses Esmée et Jeanne.

Un merci amical pour leur relecture exigeante ou leur soutien à Sophie Berger, Laurent Blondiau, Emmanuel Blum, Adrien Cadier, Nicolas Cardou, Ève Derriennic, Yves Douet, Nicolas Larmagnac, Agathe Matheus, David Medioni, Simon Munsch, Emily Pages, Frédéric Potier, Jacques Priol, Laurianne Schlaeppi, Fabien Séguineau, Fabien Tastet et tous ceux que je ne peux citer ici.

CET OUVRAGE EST PUBLIÉ PAR ISTYA / SLATKINE & CIE
LE TEXTE EST COMPOSÉ EN CARACTÈRE SLATKINE,
DESSINÉ PAR MATTHIEU CORTAT À LYON
IL A ÉTÉ ACHEVÉ D'IMPRIMER EN JUIN 2023
SUR PAPIER MUNKEN 80 GRAMMES
ISSU DE LA GESTION DURABLE DES FORÊTS
SUR LES PRESSES DE L'IMPRIMERIE LABALLERY
IMPRIMEUR NUMÉRO 306536
IMPRIMÉ EN FRANCE

IMPRIM'VERT®